내가 제일 잘 나가는 재벌이다

봉황송 현대판타지 장편소설

내가 제일 잘나가는 재벌이다 4

초판 1쇄 발행 2024년 1월 18일

지은이 ㅣ 봉황송
발행인 ㅣ 최원영
편집장 ㅣ 이호준
편집디자인 ㅣ 한방울
영업 ㅣ 김민원 조은걸

펴낸곳 ㅣ ㈜ 디앤씨미디어
등록 ㅣ 2002년 4월 25일 제20-260호
주소 ㅣ 서울시 구로구 디지털로 26길 111 JnK디지털타워 503호
전화 ㅣ 02-333-2513(대표)
팩시밀리 ㅣ 02-333-2514
E-mail ㅣ papy_dnc@dncmedia.co.kr
블로그 ㅣ blog.naver.com/gnpdl7

ISBN 979-11-364-5113-2 04810
ISBN 979-11-364-4879-8 (SET)

※ 저자와 협의하여 인지는 붙이지 않습니다.
※ 이 책은 ㈜ 디앤씨미디어(파피루스)가 저작권자와의 계약에 따라 발행한 것으로 본사와 저자의 허락 없이는 어떠한 형태나 수단으로도 내용을 이용할 수 없습니다.

내가 제일 잘 나가는 재벌이다 4

봉황송 현대판타지 장편소설

제1장. SF-NO.1 밀크 ············· 7

제2장. 방명록 ················· 33

제3장. 광신전기 ················ 59

제4장. 인수 ·················· 83

제5장. 채널 간판 ··············· 109

제6장. 단체 기자 회견 ············ 133

제7장. 이호영 ················· 159

제8장. 직영점 ················· 185

제9장. 사람 향기 ··············· 211

제10장. 요정 ·················· 237

제11장. 방송 ·················· 263

제12장. 나오미 캠벨 ············· 287

SF-NO.1 밀크

 서은영은 납품 불가로 인해 큰 충격을 받은 상태였다.
 순간, 머릿속이 하얗게 변해서 아무런 생각도 나지 않았다.
 아무래도 친한 친구라고 생각하고서는 사업적인 측면에서 기대려고 한지 모르겠다.
 당황한 모습을 최대한 숨기려고 노력했지만 냉철한 차준후의 시선에 모든 게 들통난 것처럼 보였다.
 '앞으로 어떻게 나올까? 내가 정한 기준선을 넘어설 수 있을까?'
 차준후는 서은영의 행보가 궁금했다.
 기억을 토대로 친구 관계로 지내 오고 있었지만, 일정한 거리를 유지했다.

약간의 혜택을 주기는 했지만 사실 대단한 것도 아니었다.

지금까지의 이웃사촌 관계는 언제든 끊어질 수 있었다.

사업적 관계로 제대로 연결되기 위해서는 이제 서은영과 신화백화점이 그만한 가치를 보여 줄 차례였다.

"……."

"……."

두 사람의 시선이 짧은 순간 허공에서 뒤엉켰다.

서은영의 머릿속이 복잡해졌다.

가만히 있어도 차준후에 대한 이야기는 여기저기서 들려온다.

직원 채용과 기업 인수 합병 등의 일 처리에 있어서 차준후는 무척 냉정하다는 평가였다.

주로 피해를 입은 쪽에서 떠든 이야기였는데, 잘못을 저질렀다가는 단칼에 잘려 나간다는 소문으로 와전되어 퍼져 나갔다.

그녀 역시 찔러도 피 한 방울 나올 것 같지 않은 냉정한 차준후의 앞에서 예외일 수는 없었다.

'준후와 보폭을 맞춰야 해.'

이번에 떨어져 나가면 다시는 함께하지 못할 거라는 위기감을 크게 느꼈다.

다소 불편한 자리일 수 있는데도 불구하고 그녀와 달리

커피를 마시고 있는 차준후의 표정은 평상시처럼 편안했다.

"가 볼게. 스카이 포레스트의 납품 기준을 맞추려면 돌아가서 할 일이 많겠어."

서은영이 불편한 자리를 마무리하려고 했다.

"고생해."

차준후가 담담한 목소리로 응원해 줬다.

"늦지 않도록 노력할 테니까, 기대해 줘."

"단 한 번도 지각한 적이 없는 너니까, 이번에도 늦지 않도록 해 봐."

시간 약속에 철저한 서은영이었다.

첫 지각을 하지 않기 위해서는 그녀뿐만 아니라 신화백화점도 큰 폭으로 바뀌어야만 한다.

그녀가 맞은편의 훤칠한 키에 잘생긴 외모를 갖춘 차준후를 힐끔 쳐다봤다.

정장을 걸친 차준후는 그 자체로 무게감이 상당했다.

"난 지금까지 가지려고 했던 걸 못 가진 적이 없었어."

강하게 이야기했지만, 심장은 콩닥거리고 있었다.

최상류층 가문에서 태어나 가지고 싶은 모든 걸 소유하며 살아왔다.

간절하게 원하는 스카이 포레스트의 신상품을 다른 업체에 넘기고 싶지 않았다.

"옳은 말이야. 빼앗겨 가면서 사는 것은 무척이나 아프고 슬프지."

차준후가 가슴 시리게 대꾸했다.

빼앗기며 사는 삶!

그런 삶은 지긋지긋하다 못해 신물이 난다.

목숨까지 잃어 가며 처절하게 겪어 봤기에 누구보다 그 아픔을 잘 아는 차준후였다.

다시는 강제로 티끌 같은 사소한 것 하나까지 빼앗기고 싶지 않았다.

"미안해. 내가 말실수를 했어."

아파하는 차준후를 보면서 서은영이 황급히 사과했다.

얼마 전에 부모님을 사고로 빼앗긴 차준후의 아픈 부위를 건드렸다고 지레 생각했다.

"아!"

차준후는 서은영의 사과 이유를 알아차렸다.

임준후의 삶을 생각한 것이었는데, 따져 보면 차준후의 부모님을 빼앗긴 것으로 충분히 오해할 수도 있었다.

이 부분을 길게 끌어 봤자 서로에게 피곤할 뿐이었다.

"그런 의도가 아니라는 걸 알고 있으니까, 괜찮아. 이왕이면 다른 업체나 사람들보다 네가 SF-NO.1을 납품 받았으면 좋겠네. 내 책상 위에서 신화백화점 납품 계약서를 작성하는 날이 오길 바랄게."

"고마워. 다음에 보자."

서은영이 차준후의 배웅을 받으며 사장실을 홀로 나섰다.

흐트러지지 않는 걸음으로 움직였다.

문 닫히는 소리가 뒤에서 들려오는 순간 자신도 모르게 발걸음이 휘청거렸다. 떨리는 다리에 억지로 힘을 줘가면서 나아갔다.

'정말 최악이야.'

이번 만남에서 여러 실수를 했다는 걸 그녀 자신도 잘 알고 있었다.

의식하지 않으려고 하지만 그녀의 뇌리에 차준후의 모습이 떠올랐다.

또각! 또각!

복도를 지나쳐서 밖으로 나가는 하이힐 소리가 규칙적으로 울렸다.

"칫!"

서은영이 입술을 깨물었다.

지금 상황이 너무나도 마음에 안 들었다.

친구인 차준후의 배려만 믿고서 너무 쉽게 사업을 하려고 했던 건 아닌지 고뇌했다.

친구라는 점을 빼면 다른 백화점에 비해 나은 점이 단 하나도 없다.

"틀린 말이 하나도 없어."

비수처럼 꽂힌 차준후의 말들이었다.

제대로 노력도 기울이지 않고 신제품 SF-NO.1을 받겠다고?

신화백화점과 그녀는 확실하게 잘못했다.

"좋아. 제대로 달라진 모습을 보여 줄게."

SF-NO.1을 백화점에 납품받기 위해 눈에 불을 켰다.

SF-NO.1이 백화점에 진열된다면 상위 백화점과의 간격을 줄일 수 있을 것이다. 아니, 어쩌면 뛰어넘을 수 있을지도 몰랐다.

"세계 최초 주름 개선이라고! 이 소식을 접하면 아주 난리가 나겠어."

SF-NO.1을 사려고 치맛자락을 휘날리면서 달려드는 여자들의 모습이 서은영의 뇌리에 선명히 그려졌다.

당장 그녀 자신만 해도 구매하고 싶어서 난리였으니까.

여성들에게 이보다 더 뛰어난 화장품은 없을지도 몰랐다.

"아가씨, 얼굴색이 좋지 않습니다. 무슨 일이라도 있으십니까?"

운전사가 차량 뒷문을 열어 주면서 물었다.

개인 운전사이면서 호위를 겸하고 있는 사내는 어릴 때부터 그녀를 보필해 온 만큼, 변화를 쉽게 감지했다.

"충격을 받아서 그래요."

"……무슨 충격인가요?"

"내가 너무 어리석었구나. 그동안 너무 얄량하게 생각했구나 싶었어요."
"예?"
"백화점으로 돌아가요. 아빠와 상의할 일이 있어요."
"알겠습니다."
붉은 차량이 신화백화점을 향해 내달렸다.

* * *

"SF-NO.1 신제품을 출시한다고 들었습니다. 벌써부터 물량을 예약하는 상점과 사람들이 상당히 많습니다. 이미 성공이 확정된 것이나 다름없습니다."
유운수는 신제품 소문을 듣자마자 달려왔다.
입가에는 잔뜩 미소를 머금고 있었다.
그도 그럴 것이 스카이 포레스트의 제품이 나올 때면 성운유통사 역시 많은 이득을 누려 왔기 때문이었다.
그래서 이번에도 은행에서 현찰을 잔뜩 뽑아 왔는데, 차준후가 이를 거절했다.
"현재 상태로는 성운유통사에 납품이 불가합니다."
차준후가 납품 불가 이유를 설명했다.
친절하게 이야기를 해 주고 있었지만, 유운수의 미간이 찌푸려졌다.

"이번에는 납품이 불가하다는 말입니까?"

"SF-NO.1 판매는 엄격한 기준을 통과해야 가능합니다. 일례로 신화백화점에도 납품하지 않기로 했습니다."

"백화점도 기준을 만족시키지 못한단 말이군요."

충격이 컸다.

차원이 다른 화장품이 바로 SF-NO.1이다.

성운유통사에서 꼭 유통하고 싶은 화장품이지만 단호한 차준후의 거절에 물러날 수밖에 없다.

"그렇습니다. 신화백화점을 비롯해서 모든 백화점이 기준에 부합하지 않습니다."

"기준만 만족한다면, 납품을 해 주신다는 말씀이시죠?"

"물론입니다."

차준후가 시원하게 고개를 끄덕였다.

유운수에게는 스카이 포레스트와의 확고한 연계가 꼭 필요했다.

신제품들을 납품받으면서 성운유통사의 사장 자리를 꿰찰 생각이었다.

그러나 그런 계획이 지금 물거품이 되고 말았다.

"신화백화점이 떨어진 걸 보니, 쉽지는 않아 보이네요. 그렇지만 포기하지는 않을 겁니다."

스카이 프레스트의 제품들은 매번 최고 매출을 경신하는

것은 물론이고, 다른 제품들의 판매량까지 상승시킨다.
 기존의 상점들과 유기적인 호흡을 만들어 주면서 새로운 거래처를 확보하는 데에도 일등 공신이었다.
 "기다리겠습니다."
 차준후는 능력 좋은 유운수를 믿었다.
 "거래처들이 부족하다면 직접 매장을 열어서라도 기준을 만족시키겠습니다."
 유운수가 강한 의욕을 내비쳤다.
 자기 손으로 잡은 차준후와의 인연을 놓치고 싶지 않았다.
 만약 날리게 된다면 땅을 치고 후회하지 않을까.
 "SF-NO.1에 걸맞는 매장이어야 합니다. 지금처럼 조잡한 상점들에는 결코 입점을 시키지 않을 겁니다. 납품되는 상점들은 모두 스카이 포레스트의 허락이 있어야만 가능합니다."
 차준후가 말했다.
 미래의 백화점 1층에서 흔하게 볼 수 있는 세련되면서도 품격이 느껴지는 매장을 원했다.
 그러나 1960년대에 상점들 가운데에서는 찾아보기 힘들었다.
 엄격한 기준을 통과해야 SF-NO.1 판매가 가능했고, 또 제한적인 판매점만 둘 생각이었다.

"생각해 둔 판매점들이 충족되면 더 이상 늘리지 않으려고 합니다. 시간이 너무 지나면 기준을 만족시켜도 납품이 불가할 수 있다는 걸 양해해 주세요."

"알겠습니다."

유운수의 얼굴이 굳어 버렸다.

결코 가볍게 여길 수 있는 일이 아니라는 건 알았지만 정말 심각했다.

여기에서 탈락한다면?

생각만 해도 끔찍했다.

"돌아가서 알아봐야 할 일이 한두 가지가 아니네요. 먼저 일어나겠습니다."

유운수의 눈빛이 달라졌다.

그도 그럴 것이 다른 업체나 유통사들과 경쟁을 해야 했기 때문이었다.

지금까지는 그가 웃었지만 이번에는 다른 곳이 좋아할 수도 있었다.

빨리 돌아가서 직영 판매점을 여는 게 좋다고 판단했다.

"다음에 뵙겠습니다."

"조심히 돌아가세요."

차준후의 인사를 받은 유운수가 황급히 사장실을 빠져나갔다.

* * *

 양복을 정갈하게 차려입은 차준후가 제품 마케팅을 위해 단상에 올랐다.
 제품은 마케팅을 거쳐 시장에 진출해야 비로소 상품의 가치를 가지게 된다.
 차준후는 이런 제품 마케팅을 가장 잘했던 사람으로 애플망고의 스티블 잡스를 뽑고 싶었다.
 "20대 후반으로 접어들면서, 피부가 하루하루 달라진다는 걸 직접 느끼고 있습니다. 최근에 거울을 보니까 미처 신경 쓰지 못했던 미간 주름이 생겼더군요. 잔주름은 금방 굵어지니까, 젊을 때부터 신경 써서 관리를 해 줘야만 합니다. 눈에 확연하게 보일 때는 이미 늦은 겁니다. 마치 바퀴벌레처럼요."
 담담하게 발표를 이어 나가는 중간중간 섞인 농담에 기자 회견장 여기저기서 웃음소리가 들려왔다.
 단상 바로 앞에서 이하은 기자가 차준후를 강렬한 눈빛으로 바라보고 있었다.
 '흑흑! 내 단독 특종이 사라졌어.'
 그녀가 속으로 눈물을 펑펑 흘렸다.
 단독 인터뷰를 통해 특종을 얻었어야 했는데, 이번에는

그런 기회를 얻지 못했다.
 '이제 더 이상 나만의 남자가 아니야. 얼마 전까지는 나 혼자 감당할 수 있었는데, 지금은 너무 커졌어.'
 기자 회견장에 국내의 언론 기자들이 대거 참석했다.
 스카이 포레스트와 차준후는 기자들에게 아주 고마운 존재였다.
 특종을 비롯한 국민들의 관심을 끌 수 있는 기삿거리를 잔뜩 제공해 주기 때문이었다.
 신문에 올릴 기사 내용이 없을 경우.
 차준후와 관련된 신변잡기, 혹은 얼굴만 보여 줘도 신문 판매량이 배는 늘어난다.
 이런 이유 때문에 차준후와 스카이 포레스트에 수많은 기자들과 언론사들에서 인터뷰 요청이 들어오고 있었다.
 신제품 SF-NO.1에 대한 인터뷰를 한 방에 모두 해결하려는 차준후였다.
 "이번에 스카이 포레스트가 세상에 내보이는 신제품은 혁신적인 기술력을 더한 주름 개선 기능성 화장품입니다. 화장품의 특별한 성분들이 각질층을 뚫고 유효 성분을 피부 깊숙한 곳까지 직접 전달해서 주름을 개선시켜 줍니다. 기존 화장품의 한계를 뛰어넘은 제품입니다."
 숨을 죽인 기자들이 차준후의 이야기에 집중하고 있었다.

마치 받아쓰기를 하는 것처럼 기자들이 수첩에 차준후의 이야기들을 기록하고 있었다.

※ ※ ※

 신제품에는 고급 히알루론산과 식물성 탄력 성분인 보르피린이 들어 있었다.
 피부에 유수분 충전 및 보호 그리고 활력에 도움을 주는 성분들이었다.
 "세계 최초의 특별한 기능성 화장품! SF-NO.1 밀크를 여러분들에게 보여드립니다."
 차준후가 손에 SF-NO.1을 들어 올렸다.
 사진 기자들이 플래시를 미친 듯이 터트려 가면서 사진을 찍어댔다.
 눈이 부셨음에도 차준후는 환하게 웃었다.
 '굴욕적인 사진을 남길 수는 없지.'
 괜히 인상을 찌푸렸다가 지워 버릴 수 없는 굴욕적인 사진이 전국으로 퍼질 것이다.
 대한민국 어느 화장품 회사 사장의 웃긴 얼굴이라면서 미래의 인터넷 공간에서 떠돌아다닐 수도 있었다.
 밝은 조명 아래에서 세상을 오시하는 표정을 유지하면서 기자들을 내려다봤다.

처음에는 어색했는데, 높은 분들을 비롯한 특권계층의 사람들을 만나고 수많은 일 처리를 해나가며 직원들에게 수시로 지시를 내리다 보니까 언제부터인가 되더라!

1960년대에 와서 사장으로 지내면서 자연스럽게 몸에 익은 처세술이었다.

위엄이라고 할까?

사장이라는 무거운 위치의 권위를 원할 때 꺼낼 수 있게끔 성장했다.

권위와 함께 훤칠한 외모가 검은색 정장을 입은 차준후를 더욱 빛나게 만들어 줬다.

SF-NO.1 밀크와 함께 차준후가 크게 주목을 받았다.

'좋다.'

1960년대로 와서 비로소 원하는 화장품을 최초로 출시하게 된 순간을 순수하게 즐겼다.

SF-NO.1 밀크는 그와 스카이 포레스트를 성공이라는 화려한 세계로 인도할 화장품이다.

"세계 최초라는 게 사실입니까?"

"정말 주름 개선 효과가 있는 겁니까?"

"이번에도 사장님이 직접 연구 개발해 낸 건가요?"

"가격은 어떻게 됩니까? 이번에도 서민들이 사기 부담스러운 고가인 건가요? 말씀해 주세요."

기자들이 앞다퉈 가면서 질문을 내던졌다.

어떻게든 차준후에게 대답을 듣겠다는 악착같은 표정들이었다.

보통 사람이라면 기자들의 압박에 주눅이 든다.

'차준후 사장님에게 윽박지르는 질문은 통하지 않아!'

이하은은 차준후의 성격을 누구보다 잘 알았다.

강하게 누르려고 하면 튕기는 성격!

이럴 때는 조용하게 질문을 하겠다는 행동을 취해야만 한다.

이하은은 입을 열지 않고, 조용히 손을 들었다.

"거기 여기자 분. 질문해 주세요."

차준후가 이하은을 지목했다.

시장 바닥처럼 요란해졌던 기자 회견장이 조용해졌다.

기자들은 목소리를 높여서 질문한다고 해서 통하지 않는다는 걸 알아차렸다.

"감사합니다. 월간천하에서 나온 이하은 기자라고 합니다. 질문에 앞서 세계 최초의 화장품을 만드신 점을 축하드립니다. 세계 최초의 주름 개선 기능성 화장품이라고 했는데 어떤 원리입니까?"

"간단하게 말해 노화를 억제하고 되돌리는 안티 에이징 원리입니다. 우리말로 순화하면 항노화라고 할 수 있죠. 인체의 노화를 지연시키거나, 멈추어서 현상 유지를 하게 만들고, 혹은 역전시켜 젊은 상태로 되돌리는 개념입니다."

"안티 에이징! 전문가가 아니어서 그럴 수도 있겠지만 처음 들어 보는 개념입니다."

"그렇겠지요. 제가 직접 만든 단어이니까요."

차준후가 담담하게 말했다.

안티 에이징.

미래에는 아주 흔하게 사용되는 단어.

그러나 1960년에는 아무도 입 밖으로 꺼내지 않은, 머릿속에 들어 있지도 않은 단어였다.

그 단어가 차준후의 입에서 처음으로 흘러나왔다.

"우와! 이제는 아예 개념 자체를 만들어 버리는구나."

"개념부터 해서 화장품을 만들다니, 너무 놀라워."

"진짜 천재구나. 지금 보니 확실하게 알겠다."

다소 조용해졌던 기자 회견장이 다시금 시끄러워졌다.

세계 최초라는 부분을 격렬하게 선호하는 경향이 있는 한국인들이었다.

"화장품 용기가 아주 화려하면서 아름다워요. 누가 어떤 의미로 만든 거죠?"

이하은은 마치 짠 것처럼 차준후가 원하는 질문을 척척 내뱉었다.

"화장품은 안의 내용물이 중요하지만, 용기도 그 중요성이 떨어지지 않습니다. 내용물에 뒤처지지 않게 용기 제작에 심혈을 기울였습니다. 이 화장품 디자인은 스카이 포레스트 수석 디자이너 전영식 씨가 만들었습니다. 청자 매병을 기본으로 해서 서양의 고혹적인 아름다움을 담아내었습니다."

차준후는 잊지 않고 전영식의 이름을 거론했다.

'사장님.'

회견장 한쪽에 서 있는 전영식의 얼굴이 붉어졌다.

만약 저 자리에 서서 화장품 용기에 대해 설명해야 했다면?

제대로 설명하지 못하고 당황했을 것이다.

이하은의 질문이 이어지는 동안 다른 기자들이 조용히 손을 들었다.

차준후가 가장 앞에서 손을 번쩍 들고 자신을 지목해 달라는 남자 기자를 지목했다.

"감사합니다. 황금일보의 천우재 기자입니다. 세계 최초의 SF-NO.1 밀크를 개발한 소감은 어떻습니까?"

"담담합니다. 다만, 이제 비로소 시작이라는 생각이 드네요."

차준후가 말했다.

다른 사람들에게는 몰라도 그 자신에게는 특별한 일이 아니었다.

"스카이 포레스트에서 제품을 발표할 때마다 국내가 발칵 뒤집히고 있습니다. 다음에도 세계 최초의 신제품을 출시할 수 있겠습니까?"

사실 다소 무리한 질문이었다.

세계 최초의 혁신적인 신제품 개발이 쉬운 게 아니었으니까.

그런데 차준후를 보면 왠지 계속해서 대한민국을 깜짝 놀라게 만들어 줄 것만 같았다.

기자를 떠나서 국민의 한 사람으로서 자꾸만 기대하게 만들었다.

"네, 가능합니다. 이미 생각해 둔 제품도 있고요."

어려운 일이 아니었다.

머릿속에서 지식을 끄집어내서 제작하기만 하면 되는 아주 간단한 일이었다.

오히려 원재료와 첨단 장비와 시설 등을 구하는 게 힘들었다.

펑! 펑! 퍼엉! 펑!

플래시 터지는 소리가 요란했다.

"어떤 제품인지 알려 주실 수 있나요?"

"그건 알려 드릴 수가 없습니다. 다만 너무 궁금해하시는 표정을 봐서 에어스푼이라는 첨단기계를 통해서 만든다는 것만 알려 드리죠."

차준후가 약간의 실마리를 제공해 줬다.

오대양에서 최초로 개발해서 세계적으로 유명해진 제품.

1960년대로 오기 전만 해도 1초에 1개씩 팔리는 획기적인 상품이었다.

천우재 기자가 아주 만족한 표정을 지었다.

역시나 실망을 주지 않는 차준후였다.

기삿거리가 아주 홍수처럼 쏟아졌다.

한동안 차준후에 대한 기사로 인해 신문 판매량이 폭발적으로 늘어날 것만 같았다.

* * *

신화백화점에 비상이 걸렸다.

SF-NO.1 납품 불가 소식 때문이었다.

회의실의 상석에 앉은 중년인이 당연하다는 듯 담배를 입에 물었다.

"다른 유통사에 물건을 넘겼다는 이야기는 듣지 못했는데, 그 녀석은 대체 어떻게 하겠다는 거지?"

신화백화점 사장 서해준이 미간을 잔뜩 찌푸렸다.

명문대에 다니는 녀석이었지만 그의 기억에 크게 남지는 않았다.

천재적인 면모를 전혀 드러내지 않았으니까.

그런데 부모가 죽고 난 뒤에 감췄던 천재성을 아낌없이 발휘하고 있었다.

"사실 그동안 준후가 우리 백화점한테 편의를 봐주고 있었나 봐."
"뭐라고? 그 녀석이 우리한테?"
"그래. 그동안 납품했던 물건들은 혁신적인 화장품이 아니라고 말했어."
"……그렇기는 하지."
품질이 뛰어나기는 했지만, 기존에 있던 화장품들이었다.
대체품이 없지는 않았기에 언제든지 다른 상품을 구매할 수 있었다.
"기준 미달이라고 했어. 말 그대로 기준을 충족시키지 못했으니까, 납품은 없다는 말이야."
서은영의 뇌리에 차준후와 나눴던 대화가 떠올랐다.
"……."
서해준은 기가 막혔다.
신화백화점이 서울에서 서열 3위에 위치하고 있지만 매출 규모는 결코 작지 않았다.
면전에서 감히 대놓고 무시할 수 있는 사람은 없었다.
그런데 그런 놈이 나타났네.
"늦기 전에 기준을 충족시키라고 했어. 격을 끌어올리라는 의미야."
"후우, 마치 우리를 시험하겠다는 것처럼 들리는구나."
서해준은 기분이 무척 불쾌했다.

소문이 퍼진 탓에 혁신적인 SF-NO.1 납품을 두고 서울의 모든 백화점들이 경쟁하고 있었다.

 이번 기회에 스카이 포레스트와 거래를 트겠다며 창천백화점과 대현백화점이 기세를 잔뜩 높였다.

 생각 같아서는 버르장머리 없는 녀석을 당장 불러와서 혼내주고 싶었다.

 언론의 각광을 받는 녀석이라고 하지만 너무 야단법석을 떠는 것 아닌가.

 "이야기를 하다가 언제까지나 친구의 호의에 기댈 수만은 없다는 걸 깨달았어. 일찌감치 사업적으로 접근을 했어야 해."

 "음!"

 "신화백화점은 예전에는 명성을 날렸지만, 지금은 고인 물처럼 썩어 가고 있는 셈이야. 위기에 빠졌다고. 냉정하게 말하면 스카이 포레스트에서 우리 백화점에 화장품을 납품할 이유가 없어."

 서은영이 신랄하게 비판했다.

 사실 틀린 말은 아니다.

 신화백화점의 역사는 창천백화점과 대현백화점보다 오래됐다.

 한때는 서울에서 가장 잘나가는 백화점이라며 언론의 각광을 받았던 적도 있었다.

그러나 이제는 별다른 성과를 올리지 못한 채 현상 유지에 급급해하는 처지다.

스카이 포레스트에서 화장품들을 납품받으면서 약간 숨통이 트였지만, 이제는 그것도 옛말이 될 처지에 내몰렸다.

"너무 정곡을 콕콕 찌르는 말이로구나."

신화백화점을 책임지고 있는 수장으로서 면목이 없었다.

신화백화점이 쑥쑥 성장하지 못하고 있는 이유는 수장의 책임이 컸으니까.

사실 그도 신화백화점에 많은 문제가 있다는 사실을 알았다.

"어떻게 하면 준후의 기준을 충족시킬 수 있는지 연구해 볼게. 사람들 좀 붙여 줘."

"백화점 최고의 엘리트들을 붙여 주마. 필요하다고 생각되는 사람들이 있으면 직접 뽑아서 고용하고."

"고마워, 아빠."

서은영이 사업가로 거듭나고 있었다.

* * *

차준후는 출근하자마자 책상 위에 놓인 신문들을 살폈다.

「스카이 포레스트! 세계 최초로 새로운 화장품은 개발하다!」

「젊은 기린아 차준후. 세계를 놀라게 만들다!」

「대한민국이 세계 최고가 되었다!」

「혁신적인 SF-NO.1 밀크 화장품. 새로운 지평선을 열다!」

「늙지 않는 항노화 화장품 출시 임박!」

신문 기사들이 무더기로 쏟아졌다.

모든 신문들의 일면이 스카이 포레스트의 신제품으로 도배되어 있었다.

"사장님, 아이스 아메리카노 가져왔어요."

종운지가 커피를 가져왔다.

출근과 동시에 마시는 커피는 특별하다.

"고마워요. 특별한 일이 있었나요?"

커피를 받아 든 차준후가 고마움을 표현하며 물었다.

"엄청나게 많은 전화들이 걸려 왔어요. 사장님과 만나거나 통화를 할 수 있기를 바란다고 이야기들 했고요."

"제가 기억해야 할 사람들이 있었나요?"

"아뇨."

종운지가 고개를 가로저었다.

거대한 유통망을 가지고 있는 회사와 엄청나게 많은 거

액을 투자하겠다는 투자가, 신제품을 잔뜩 구매하겠다는 상인 등에 대한 보고가 전화 전문 상담센터에서 올라왔다.

하지만 그 가운데 차준후에게 보고를 올릴 만한 내용은 단 하나도 없었다.

"그럼 지금처럼 적당하게 둘러대세요. 그 전화들을 모두 받으면 제가 일을 할 수 없을 테니까요."

차준후가 전화 내용에 관심을 기울이지 않았다.

역시나 종운지의 예상이 맞았다.

"알겠습니다."

자신의 자리로 돌아가서 업무에 집중했다.

회사가 바쁘게 돌아가면서 근래 들어서 제법 해야 할 일들이 많아졌다.

이번 SF-NO.1의 출시로 차준후의 일도 늘어났다.

반응은 벌써부터 시작됐다.

그걸 극명하게 보여 주는 것이 바로 회사의 정문이었다.

방명록

정문 앞에 수많은 트럭들이 모여 있었고, 그중에는 창업 초기부터 방문해서 화장품들을 사 간 상인들도 보였다.

기자 회견 소식을 접하고 새롭게 온 상인들의 숫자는 더욱 많았다.

"세계 최초의 화장품을 팔아 주세요. 돈 가져왔다고요."

"전 재산을 투자해서 이번 SF-NO.1을 구매할 생각입니다. 제 트럭에 물건을 잔뜩 적재하시면 됩니다. 돈은 현찰로 바로 드립니다."

정문은 시장 바닥처럼 난장판이었다.

"죄송합니다. 사장님의 지시 사항으로 SF-NO.1은 기존과는 다른 방식으로 판매될 예정입니다.

경비들이 나와서 상인들을 상대했다.
직원들이 늘어나면서 정문을 경비하는 사람들도 늘어났다.
워낙에 많은 사람들이 방문하다 보니 기존의 경비 인력으로는 부족했었다.
"SF-NO.1을 주지 않으면 여기서 한 발자국도 물러나지 않겠소."
"옳소. 우리에게 상품을 팔아 란 말입니다."
"여기는 어떻게 된 것이 물건을 사기가 하늘의 별 따기야. 시원하게 팍팍 팔아 주세요."
상인들의 아우성이 쏟아졌다.
이렇게 연계해서 소리치다 보면 스카이 포레스트에서 물건들을 팔아준다는 소문들이 있었다.
"SF-NO.1…… 아유. 이름도 어려워. 밀크라고 했지. 신문이 쫙 뿌려지면서 밀크로 인해 난라가 벌어졌다고요. 물건들을 구해 달라는 사람들이 얼마나 성화를 부리고 있는지 압니까?"
"맞습니다. 엄청나게 많은 사람들이 화장품 밀크를 달라며 소리치고 있다고요."
어떻게 보면 당연한 반응이었다.
아직 세상에는 안티 에이징이라는 기술을 담은 화장품이 출시되지 않았으니까.

소식을 접한 사람들은 스카이 포레스트와 안티 에이징 화장품에 매료될 수밖에 없었다.

"여러분이 이러신다고 해도 신제품 판매 계획의 변경은 불가능합니다. 여기에서 생떼를 부리시면 앞으로 어떠한 물건도 구매할 수 없다는 사장님의 전언이 있었습니다. 여기서 난리 피우시는 분들, 제가 똑똑히 기억하고 있다가 사장님께 보고드릴 겁니다."

경비들이 단호하게 대처했다.

이럴 때를 대비해서 미리 차준후에게 지시를 받았기 때문이었다.

차준후의 지시였다는 사실이 상인들에게 알려졌다.

"흠! 그럼 다음에 판매하게 되면 꼭 기회를 줘야만 합니다."

"오늘은 이만 물러나죠. 실례가 많았네요."

상인들은 여기에서 더 야단법석을 떨었다가는 정말 스카이 포레스트의 물건을 구매할 수 없다는 걸 느꼈다.

이미 차준후가 기준과 원리원칙을 준수한다는 소문이 쫙 퍼졌기 때문이다.

방문한 상인들 가운데 이를 모르는 이가 없었다.

괜히 밉보였다가는 어마어마한 손해로 이어진다.

스카이 포레스트에서 매입해 간 상품들은 날개 돋친 듯이 팔려 나간다.

상인들이 차준후의 말을 고분고분 들어줘야 하는 가장 결정적인 원인이다.

'잘하고 있군.'

창문을 통해 지켜보고 있던 차준후가 웃었다.

보통 물건을 구매해 가는 상인들이 갑의 위치이다.

하지만 스카이 포레스트는 구매 여부를 상인이 아닌 스스로 결정해서 통보했다.

물건을 판매하는 쪽이 오히려 더욱 우월한 위치에서 상인들을 대했다.

상인들이 갑이라면 스카이 포레스트는 왕이었다.

사실 사장 생활을 해 오고 있었지만…….

차준후는 별다른 경험이나 경영 지식이 없이 창업을 시도했다.

그러다 보니 경영자로서의 하루하루가 배움이고, 또 치열한 결정을 내려야 하는 순간이었다.

'오대양 창업주 자서전을 따라서 움직였으면 실패하지 않는 편한 길만 걸어갔을 테지. 하지만 그런 움직임은 너무 늦어.'

차준후가 고뇌했다.

사실 시대를 앞서 나간 SF-NO.1을 세상에 내놓으면서 적지 않은 고민을 했었다.

누구에게 물어보지도 못하고 홀로.

연구원 출신이었기에 깊게 생각하며 고민하는 게 특별히 어렵지는 않았다.

객관적으로 판단하면서 SF-NO.1로 인해 벌어진 사태를 유추하며 꿰뚫어 볼 수 있도록 사념했다.

그 결과가 바로 SF-NO.1 기자 회견으로 이어졌다.

다행히 SF-NO.1은 사람들의 많은 관심과 호응을 얻어 냈다.

그렇지만 이것이 끝이 아니다.

'마케팅 전략을 잘 세워야 한다.'

차준후는 이번 기회를 통해, SF-NO.1과 스카이 포레스트를 세계에 알릴 생각이었다.

사실 이번 SF-NO.1은 국내가 아닌 수출에 보다 중점을 두고서 만들었다.

SF-NO.1은 아직 유통이 되지 않고 있는 터라 어디를 가도 살 수가 없었다.

사람들이 끊임없이 SF-NO.1을 찾고 있었고, 화장품 판매점에서는 도대체 SF-NO.1이 어떤 것이기에 이런 난리가 벌어지는 건지 궁금해서 유통사들과 중간상인에게 물건 구매를 요청했다.

사람들은 자신들도 모르는 사이에 스카이 포레스트의 신제품 SF-NO.1의 일거수일투족에 관심을 기울였다.

이른바 명품 전략이었다.

SF-NO.1 밀크에 대한 이야기로 인해 국내가 후끈 달아올랐다.

차준후가 비로소 SF-NO.1 밀크를 유통시키기 시작하였는데, 상점에 물건을 공급한 것이 아니었다.

〈장례식 동안에 정신이 없어 인사에 소홀했던 점 부디 헤아려 주시기를 바라며, 바쁘신 와중에도 장례에 참석하여 함께 슬픔을 나누어 주셔서 큰 위로가 되었습니다.

일일이 찾아뵙고 인사드림이 도리이나, 우선 지면으로 인사드림을 널리 헤아려 주시길 바라옵니다.

부모님 장례식에 방문하여 따뜻한 위로를 전해 주셔서 진심으로 감사드립니다.

그 마음과 은혜 항상 잊지 않고 간직하겠습니다.

가내 두루 평안하시길 기원합니다.

감사한 마음을 담아 소소하나마 SF-NO.1 밀크를 보내드립니다.〉

슥!
스윽!

차준후가 만년필로 부모님의 장례식에 참석했던 사람들에게 감사의 마음을 담은 편지를 작성했다.

방명록에 적힌 이름들의 대부분이 대한민국에서 잘나

가는 사람들이었다.

재무부 차관의 자리에서 유명을 달리한 차운성의 영향 탓이었다.

장례식에 참석한 수많은 사람들에게 자필 편지를 작성하느라 손이 아파 왔다.

* * *

띵동!

차준후가 대저택의 초인종을 눌렀다.

"누구세요?"

"안녕하십니까. 차준후라고 합니다. 강정영 님을 찾아왔습니다."

차준후가 장례식에 참석했던 사람들 가운데 중요한 사람들은 직접 방문하여 대면하기로 했다.

사람과의 인연이 다 재산이었다.

약간 격이 떨어지는 사람들은 직원들이 일일이 자필 편지와 선물을 들고서 찾아다니고 있었다.

"어떻게 오셨나요?"

"재무부 차관이셨던 아버지와 어머니 장례식에 대한 감사 인사를 드리기 위해 찾아왔습니다."

"어? 혹시 스카이 포레스트의 사장님이신가요?"

깜짝 놀란 목소리가 스피커를 타고 들려왔다.
"맞습니다."
"잠시만 기다려 주세요. 사모님께 이야기 드릴게요."
대저택의 튼튼한 문이 열리면서 귀티가 나는 중년 부인이 모습을 드러냈다.
젊었을 때 무척 아름다웠을 미모를 여전히 간직하고 있었다.
그렇지만 세월의 흐름을 이기지 못하고 눈가와 입가 주변에 주름이 많이 보였다.
"재무부 차관님의 아드님이시라고요?"
"차준후라고 합니다. 제가 정신이 없어서 그동안 감사 인사를 드리지 못했습니다. 늦게라도 찾아뵙고 인사를 드리는 게 도리라고 생각해서 찾아왔습니다."
차준후가 허리를 굽히며 정중하게 인사했다.
가장 먼저 재무부 장관으로 지내고 있는 강정영을 찾아왔다.
"그간의 사정을 알고 있어요. 이렇게 멀쩡하게 깨어났으니 부모님께서 좋아하실 겁니다. 여기서 이럴 게 아니라 안으로 들어가서 이야기해요."
중년 부인이 아름답게 웃으며 차준후를 정원으로 안내했다.
국화와 코스모스가 화려하게 피어난 아름다운 정원에

는 탁자와 의자가 놓여 있었다.

그녀가 저택에서 일하는 사람에게 차를 내오라고 시켰다.

"드세요."

"감사합니다."

차준후가 차를 마셨다.

중년 부인이 차준후를 곱게 웃으며 바라보았다.

근래 들어 세간을 뜨겁게 달구는 주인공과 직접 대면하면서 차를 마신다는 게 신기하기도 했다.

"제가 준후 군이라고 불러도 될까요?"

"얼마든지 편히 불러 주시면 감사하겠습니다."

차준후가 자신의 위치를 낮췄다.

그리고 그게 사실이기도 했고.

"부군께서도 갑작스럽게 유명을 달리한 준후 군의 부모님으로 많은 상심을 하셨어요. 평소 각별한 사이였거든요."

중년 부인이 안타까운 표정을 지었다.

그들이 잠시 차운성 부부에 대한 이야기로 시간을 보냈다.

"이건 빈손으로 오기 면목이 없어서 가지고 온 선물입니다."

차준후가 탁자 위에 종이봉투를 올려놓았다.

"지금 확인해 봐도 될까요?"

"물론이죠."

중년 부인이 종이봉투를 열었다.

투명한 유리에 포장되어 있는 아름다우면서 고혹적인 청자 매병이 모습을 드러냈다.

"이건?"

"이번에서 새롭게 출시한 SF-NO.1 밀크 화장품입니다."

"아! 이게 주름 개선에 효과적이라는 그거군요."

"맞습니다. 안티 에이징 효과를 가지고 있습니다."

화장품 용기를 훑는 그녀의 시선은 뜨겁기 그지없었다.

그 모습을 지켜보는 차준후가 속으로 웃음 지었다.

아름다움을 유지하고 싶은 여성의 욕망이 고스란히 느껴졌기 때문이었다.

"아! 소식을 듣고 정말 구하고 싶었어요."

중년 부인의 눈길이 화장품에서 떠나지를 않았다.

세상 어디에 가도 살 수 없는 물건이었다.

오직 스카이 포레스트에서만 독점으로 생산한다.

세계 최초의 기능성 화장품이고, 환상적인 기능성 효과를 가진 화장품이었다.

기꺼이 돈을 내고 사고 싶어 하는 여인들이 많았다.

"준비할 게 많아서 아직은 정식으로 판매하지 않고 있습니다. 주변 분들에게도 선물할 수 있도록 나름 넉넉하게 가지고 왔습니다."

"고마워요. 잘 사용할게요."

그녀가 자연스럽게 화장품들을 챙겼다.

재무부 장관을 지내고 있는 남편을 두고 있기에 수많은 선물들이 집에 쌓여 나갔다.

평소 특별한 물욕이 없었기에 공간만 차지하는 물건들을 집에서 일하는 사람들이나 지인들에게 나눠 주고는 했다.

그러나 이번 선물은 달랐다.

'효과가 있다면 이건 내가 모두 써야지.'

가격을 떠나서 시중에서 구할 수가 없는 특별한 화장품이었다.

그녀의 표정이 잔뜩 들떴다.

떨리는 손길로 조심스럽게 화장품 용기를 만지고 있었다.

금방이라도 사용해 보고 싶은 표정이었다.

마케팅 전략이기도 했지만.

선물은 시일이 지난 장례식에 고마운 마음이 있어서 표현하는 것이기도 했다.

그리고 또 다른 중요한 이유도 존재한다.

'나 홀로 잘났다고 살아남을 수 있는 시대가 아니지.'

부모님의 튼튼하면서 화려한 인맥들을 챙기는 건 앞으로 다가올 혼란스러운 정국 때문이었다.

그릇된 것을 바로잡는다는 명목으로 휘두르는 칼날 한 방에 기업이나 개인의 생명이 사라지는 일이 부지기수였다.

"사모님! 다른 분들에게도 인사를 드리러 가야 해서 이만 물러나겠습니다."

"어머, 너무 빨리 가는 것 같아서 아쉽네요. 부군과 함께 모여서 식사라도 했으면 좋았을 텐데……."

"다음에 제대로 인사를 드리겠습니다."

차준후가 웃으며 자리에서 일어났다.

물러나야 할 때 곧바로 사라지려 하는 모습에서 중년 부인에게 호감을 듬뿍 안겼다.

대문까지 배웅을 나왔다가 돌아가는 중년 부인의 얼굴에 웃음이 피어났다.

"사모님, 이게 뭔가요?"

탁자 위를 치우고 있는 가정부 아주머니가 물었다.

"SF-NO.1 밀크."

"그게 뭔데요?

전혀 알아듣지 못한 가정부의 표정이었다.

* * *

"스카이 포레스트에서 새롭게 나온 화장품. 요즘 떠들썩하잖아. 주름 개선을 할 수 있는 기능성 효과를 가지고 있다고."

"아! 그거라면 저도 들어 봤어요. 화장품 용기가 엄청나게 화려하네요. 이처럼 멋있는 건 처음 봐요. 치울까요?"

가정부 아주머니가 가지고 싶다는 눈빛으로 화장품들을 바라보았다.

평소 선물로 들어온 것들을 일꾼들에게 잘 나눠 주는 사모님이었다.

그리고 SF-NO.1 밀크 화장품들이 하나도 아니고 잔뜩 탁자 위에 쌓여 있었다.

"괜찮아. 이것들은 내가 직접 챙길게."

중년 부인이 화장품들을 소중하게 품에 안고서 방으로 들어갔다.

"이번에는 나눠 주지 않을 생각이시네. 나도 사용해 보고 싶은데……."

가정부는 안타까운 마음을 지울 수 없었다.

눈앞에 있었던 아름다운 화장품을 무척이나 가지고 싶었기 때문이었다.

찻잔을 쟁반에 올린 그녀가 힘 빠진 걸음으로 주방에 들어갔다.

* * *

"당신, 오늘따라 예뻐 보이는데?"
"정말요?"

퇴근한 강정영이 부인을 보면서 이야기했다.

최고의 찬사를 전해 들은 양복을 받아 들면서 부인이 배시시 웃었다.

평소와 다른 건 없었다.

다만 주름 개선을 해 준다는 기능성 화장품을 얼굴에 촉촉하게 바른 게 전부였다.

"얼굴에 윤기가 자르르 흘러. 좋은 거라도 먹었나 봐."

"먹지는 않았고, 바르기는 했어요."

"응?"

"오후에 재무부 차관이었던 차운성의 자제인 준후 군이 다녀갔어요. 장례식 참석에 감사하다는 이야기와 함께 선물을 가지고 왔었죠."

"아! 그 아이가 다녀갔군. 나도 한번 보고 싶었는데……."

강정영이 안타까워했다.

재무부에서 차준후에 대한 이야기가 무성했다.

차운성의 외아들이라는 사실과 함께 전도유망한 사업가라는 사실 때문에.

"나중에 기회가 생기면 식사 자리를 가지기로 했어요. 딸만 있어도 사위로 삼고 싶었을 정도로 잘 컸더군요."

안타깝게도 슬하에 아들만 세 명이었다.

"그럼 지금 얼굴에 바른 게 요즘 세간을 떠들썩하게 만들고 있는 SF-NO.1이라고?"

"맞아요. 이게 바로 SF-NO.1이랍니다."

부인이 화장대에 있던 청자 매병을 들어 올렸다.

"호오! 정말 멋있는 용기군. 사용해 보니 괜찮나?"

"좋더군요. 미제와 일제 화장품보다 끈적이지 않고 산뜻한 느낌이 좋아요. 그러면서 피부를 쫀쫀하면서도 탄탄하게 잡아 주는 느낌을 주네요. 입가와 눈가 등에 모두 사용할 수 있고, 4주 이상 꾸준하게 사용하면 주름 개선에 도움을 줄 수 있다고 해요."

부인이 함박웃음을 띠면서 조잘조잘 이야기했다.

평소에 푸석하고 축 처지는 피부 때문에 고민하던 여인에게 만족감을 듬뿍 선사해 줬다. 그러면서도 은은히 풍기는 깊은 향은 편안함마저 느껴졌다.

"이번 신제품을 백화점에도 납품하지 않겠다고 하더니, 정말 대단한 걸 만들어 냈구나. 수출까지 염두에 두고 있다는 소문이 돌던데, 그 말이 사실일 수도 있겠어."

처음 소문을 들었을 때 강정영은 헛소문이라고 여겼다.

그런데 막상 SF-NO.1을 실물로 접하게 되자 진짜일 수도 있겠다고 생각했다.

그만큼 SF-NO.1은 놀라우면서 혁신적인 물건이었다.

"수출이요?"

부인의 눈이 커졌다.

"그렇소. 회사 이름부터 해서 화장품들을 하나같이 영

어로 만든 이유가 수출이라고 하더군. 사장이 자주 이야기한다는 소문이 있어."

"이거라면 충분히 수출이 가능하다고 봐요. 사용해 보니까 정말로 좋아요."

부인이 단호하게 말했다.

지금껏 수많은 수입 화장품을 사용해 봤는데, 솔직히 SF-NO.1보다 좋게 느껴지는 건 없었다.

세월이 야속한 중년 부인에게 피부를 탄탄하게 잡아 주는 화장품은 그야말로 최고였다.

"권장 소비자가 천 환? 엄청나게 고가군."

소비자가를 상품에 적시해 놓은 부분과 함께 장성 한 달 월급과 맞먹는 고액 화장품에 놀라고 말았다.

박봉으로 유명한 말단 공무원들 한 달 월급으로는 감히 살 수조차 없는 고액의 화장품이었다.

그리고 그것보다 더 놀란 건 바로 가격을 표시해 놓는 권장 소비자가였다.

이런 건 정말 처음 봤다.

대한민국 어떤 기업들도 이런 정책을 실천하고 있지 않았다.

"가격을 떠나서 화장품 용기에 판매 가격이 적혀 있더라고요. 신기하죠?"

"이야! 이렇게 가격을 명기해 놓으니까, 좋네."

강정영이 감탄을 토해 냈다.

사실 국내에서 물건값은 그야말로 고무줄이었다.

팔고 살 때 가격이 고정되어 있지 않고 흥정에 따라서 가격이 천차만별로 바뀐다.

그런데 스카이 포레스트의 화장품들은 서울에서 부산까지 전국 어디에서나 고정된 가격에만 판매됐다.

웃돈을 얹어서 판매하거나 많이 팔 욕심에 가격을 임의로 낮췄다가 더 이상 스카이 포레스트의 물건을 취급하지 못하는 상점들이 상당했다.

"재무부 정책으로 발의해도 되겠어."

"어른이 되어서 아랫사람의 생각을 갈취해도 괜찮겠어요?"

"스카이 포레스트를 보고 따라 했다고 밝히면 되잖소. 좋은 건 원래 당당하게 대놓고 따라 해도 괜찮은 법이지."

장관직은 아랫사람들의 좋은 것들만 잘 취합해서 결정해도 뒷말이 없는 자리였다.

"보니까 이번에 선물받은 SF-NO.1이 제법 많네."

"준후 군이 통이 크더라고요. 열 개나 주고 갔어요."

"흠! 그러면 내가 몇 개 가져다가 지인들에게 나눠 줘도 되겠군."

"당신! 말도 안 되는 소리 하지 마세요. 이것들은 모두 제가 사용할 겁니다."

목소리가 뾰족해짐과 동시에 봄바람처럼 사근사근하던

중년 부인의 표정이 단번에 서늘해졌다.

혹시라도 남편이 지인들에게 화장품을 선물해 줄까 걱정하는 모습이었다.

"열 개면 충분하지 않나? 세 개만 사용합시다."

화장대에서 꺼내어 내놓으라는 눈빛으로 부인을 바라보았다.

"절대 안 돼요. 선물하고 싶으면 돈 주고 사서 주세요."

중년 부인이 격하게 반대했다.

그런 부인을 강정영이 어처구니없는 표정으로 바라보았다.

평소 물욕이 없던 사람이 화장품 몇 개에 이렇게 반대하다니.

압박을 가하려다가 결국 말을 삼켰다.

절대 사수를 고수하고 있는 부인에게서 진심을 알아차렸기 때문이었다.

"알았소. 모두 당신이 사용하시오."

"고마워요."

화장품을 지켰다는 생각에 만족스러운 미소를 짓는 부인이었다.

"값비싼 보석들도 챙기지 않던 당신이 화장품을 빼앗기지 않으려고 노력하다니, 의외네."

무척 의외였다.

"보석은 그저 장신구에 불과하잖아요. 그러나 이 화장품은 저를 젊어 보이게 만들어 주는 물건이에요. 보석 따위와는 비교할 수조차 없어요."

솔직히 강정영은 이해가 안 됐다.

아무리 생각해도 화장품보다 보석이 더 중요한데…….

"여인이라면 제 말을 이해할 수 있을 거예요."

SF-NO.1은 여자들에게 있어 보석과도 맞바꿀 수 없는 최고의 화장품이었다.

얼굴에 바르는 것만으로 젊어 보일 수 있다는 효과!

여자들이라면 누구나 그 효과를 누리길 원했다.

* * *

대한민국 권력층과 부유층 등에 SF-NO.1이 장례식 답례품으로 뿌려졌다.

"처음에는 SF-NO.1이 안티 에이징 효과를 가지고 있다는 걸 믿지 못했어."

"저도요."

"직접 확인해 보니까, 정말 다른 세상을 경험할 수 있었지."

"저는 받은 선물들을 확인해 보지도 않고 지인에게 줬어요. 국산품을 직접 얼굴에 사용하려고 하니까 찝찝한 기분이 들었거든요."

"그랬어? 차라리 나한테 주지."

"지금은 땅을 치고 후회하고 있어요. 돈을 주고 사려고 하는데도 불구하고 아직까지 판매 계획이 없다고 하더라고요."

"나도 더 구매하려고 문의했는데, 똑같은 답변만 들었어."

"가격이 사악하기는 한데, 제 얼굴은 소중하니까 충분히 투자할 수 있어요."

"가격을 떠나서 꼭 구매해야만 하는 화장품이죠."

이번에 풀린 SF-NO.1의 양은 대한민국 전체로 보면 아주 소량이었다.

탁월한 효능과 함께 입소문이 퍼지면서 SF-NO.1의 가치가 하늘을 뚫고 올라가 버렸다.

장례식 답례품인 SF-NO.1을 구하기 위해서 권력층과 부유층들의 여인들이 움직였다.

여인들은 권력을 사용하고 큰 비용을 지불해 가면서까지 SF-NO.1을 구하려고 난리였다.

시간이 흐르면서 이런 흐름은 더욱 격렬해졌다.

차준후는 장례식 답례품으로만 풀고서 더 이상 무료로 나눠 주는 행위를 중지해 버렸다.

아직 SF-NO.1 생산이 원활하지 않다는 핑계를 내놓았다.

"화장품 밀크 가지고 있어? 받았다며."
"내가 사용하기에도 부족해. 언제 팔지 알 수 없는 화장품이잖아."
"친구 좋다는 게 뭐야. 함께 늙어가는 처지에 좋은 화장품을 같이 쓰자."
"쳇! 알았어. 넌 특별히 내가 챙겨 줄게."
"고마워. 친구. 그런데 차준후를 봤어? 이번에 직접 장례식 답례품을 돌렸다고 하던데?"
"아픈 질문이네. 보니까 차준후가 방문한 곳들은 하나같이 대단한 집들이었어. 대한민국에서 이름만 대면 알 수 있는 곳들만 갔더라고."
"오지 않았어?"
"직원들만 왔어. 사장님이 직접 오지 않아서 대단히 죄송하다고 했는데, 솔직히 기분은 별로더라고."
"나라도 기분이 좋지는 않았겠다. 하지만 어쩌겠어? 그 많은 장례식 방문객들을 바쁜 차준후 사장이 일일이 찾아다닐 수도 없는 노릇이잖아. 이해해야지."
"알아. 잊지 않고 답례품을 챙겨 준 것만 해도 고마운 일이지."

답례품을 직접 건네기 위한 차준후의 방문은 대한민국 권력층의 신분을 확인해 주는 계기가 되기도 했다.

차준후가 방문하느냐?

직원이 답례품을 들고 방문했느냐?

이 차이에 따라 진짜 권력층 여부가 갈렸다는 소문이 돌았다.

그래서 차준후의 방문을 받은 사람들의 자존심이 하늘 높이 치솟았고, 그렇지 않은 사람들은 상대적으로 하락하고 말았다.

촌극이라고 할 수 있었다.

그러나 당사자들에게는 나름 매우 심각한 문제이기도 했다.

많은 사람들이 기존에 풀린 SF-NO.1이라도 구하려고 난리였다.

그리고 대한민국을 주도하고 있는 계층에서의 움직임은 사방으로 퍼져 나갔다.

"이번에 나올 스카이 포레스트의 신제품 가격이 천 환이나 된다고 하던데?"

"엄청나다. 석 달 월급을 모아야지만 살 수 있겠네."

"정말로 사려고?"

"네. 요즘 팔자 주름이 심해져서 거울을 볼 때마다 너무 속상해요. 가격이 비싸지만 열심히 살아가고 있는 제게 선물로 주려고요."

"좋아. 나도 살래. 남편만 뒷바라지할 게 아니라, 내게도 돈을 써야겠어."

차준후가 세운 마케팅 전략이 소비자의 구매 욕구를 정확하게 강타해 버렸다.

만약 무작정 신제품을 출시했다면 시장에서 초고가로 인해 커다란 비난을 듣고, 별다른 주의를 끌지 못할 수도 있었다.

권력층에게 무료로 먼저 제공한 탓에 앞을 가로막고 있던 두꺼운 장벽이 종잇장처럼 찢겨 나갔다.

시장에 물건이 없는데, 구매하고자 하는 사람들은 득시글거렸다.

국내 화장품 업계에서 사상 최고가인 천 환에 달하는 가격도 문제가 되지 않았다.

물론 사악한 가격에 불평불만을 내뱉은 사람들은 존재했다.

"제발 출시만 빨리 해 주세요."

"기다리다가 숨넘어가요. 제 얼굴에 주름이 늘어나고 있잖아요."

"화장품 때문에 미쳐 버리겠네."

"화장품 사는 게 왜 이리도 힘든 건가요? 아무래도 이건 아닌 것 같아요. 날이 갈수록 경쟁이 더욱 치열하잖아요."

사람들의 SF-NO.1에 대한 갈망은 나날이 커져 나갔다.

제3장.

광신전기

광신전기

SF-NO.1에 대한 이야기로 전국이 시끄러운 가운데, 차준후는 적극적이고 성실하게 다음 단계를 밟아 나갔다.

기존에 거래하던 지방 중간 상인들에게는 전화 연락을 해서 상품이 공급되지 않는 이유를 설명했다.

자신이 직접 담당하고 있던 영업점들까지 찾아가서 SF-NO.1 납품 불가를 알려 줬다.

"고가의 새로운 명품 시장을 개척하기 위해서 기존 납품처에 SF-NO.1은 유통이 불가합니다. 이점 양해 부탁드립니다."

차준후가 진심을 담아 솔직하게 이야기했다.

사실 잘나가는 회사의 사장이 일일이 영업점들을 찾아

가서 자초지종을 이야기한다는 건 좀처럼 있지 않은 일이었다.

이와 유사한 경우가 거의 없었다.

"안타깝지만 어쩔 수 없죠. 백화점도 납품 기준이 맞지 않는다고 거부하셨다고 들었어요. 저희 영세한 구멍가게는 감히 엄두도 낼 수가 없죠."

거래처와 납품받던 상인들이 이해했다.

"납품받으면 좋지만 어떻게 욕심만 챙길 수 있나요. 여태 화장품들을 줬다는 사실만으로도 감사합니다."

사실 사람의 심리는 얌체공과 비슷해서 어디로 튈지 알기가 어렵다.

"이해해 주셔서 감사합니다."

차준후가 고개를 숙였다.

많은 기업과 사장들이 중간 상인과 영세 상점들을 이용 대상으로 보고 있었고, 매우 가볍게 여기고 있는 게 현실이었다.

하지만 차준후는 그들은 동등한 위치로 바라보면서 대우했다.

"직접 방문해서 말해 줬다는 게 오히려 감사하지요."

차준후의 진심은 상인들에게 감동을 안겨 줬다.

그냥 납품 불가 통보만 하고 끝나도 그들 위치에서는 어쩔 수 없었다.

누가 뭐라고 해도 차준후가 그들보다 높은 위치에 서 있었으니까.

다른 화장품들만 납품해 줘도 감사할 따름이었다.

"명품들을 제외한 다른 화장품들은 기존처럼 납품이 될 겁니다."

차준후는 창업 초창기부터 사람들과의 거래를 도모했다.

그렇기에 화장품을 명품만 만들 생각이 없었다.

국민들이 편안하게 사용할 수 있는 중저가와 저가의 화장품들도 꾸준하게 생산할 계획이었다.

상점마다 스카이 포레스트의 상품이 진열하게 만들고, 스카이 포레스트의 규모가 확장될수록 주변과의 협업을 키워 나갈 생각이었다.

「고개 숙이는 차준후 사장. 기존 거래처와 상생을 원한다.」
「남다른 인품을 자랑하는 스카이 포레스트의 사장님.」
「납품받지 않아도 괜찮다. 나는 차준후 사장의 인품에 반했다.」

얼핏 평범해 보이는 차준후의 언행이 기사로 보도됐다.

사람들은 차준후가 한 번 인연을 맺은 사람들에게 책임을 다하는 성격이라는 걸 알게 됐다.

"넌 돈이 많으면 이 사람처럼 할 수 있어?"

"미쳤냐? 내가 돈이 없어서 고개를 땅바닥에 조아리고 다닌다. 돈 많으면 보란 듯이 고개 빳빳이 들고 다닐 거다."

"하긴, 네가 성질이 참 더럽지. 차준후 사장처럼 한다는 건 어려운 일이지?"

"쉽겠니? 물어보면 입 아프다."

대화를 주고받던 사내의 미간이 팍 찌푸려졌다.

유유상종이라고, 그 역시 성격이 좋지만은 않았다.

"그런데 그건 왜 묻는 건데?"

"이런 사장님을 모시고 싶어서. 이런 분 밑에서 일하면 얼마나 일하고 싶겠냐."

"너 스카이 포레스트에서 일하고 싶은 거냐?"

"그래."

"하긴, 거기가 근로자들의 꿈의 직장이기는 하지. 내 친구의 사촌 동생 팔촌의 누나가 거기서 일하고 있어. 혜택이 아주 대단하다고 하더라. 조만간 집을 사서 이사 간다는 말까지 들었다."

"하아! 정말 부럽다."

"사업이 나날이 커지고 있어서 추가직원을 채용할 계획이라고 하더라고. 함께 지원하자."

스카이 포레스트의 규모가 보다 크게 확장될 기미가 보였다.

* * *

  스카이 포레스트에 대한 관심은 주한미군 501정보여단에서도 나타났다.

  501정보여단은 한반도에서 북한을 가장 정확하게 파악하며, 주한미군사령부와 미국 등에 북한 군사 정보를 제공하는 걸 주된 임무로 삼고 있다.

  한국에 주둔하는 여러 병종의 부대 중에서도 특히 북한군 정보를 전문으로 수집하고 분석하는 부대이다.

  그러면서 동시에 한국의 움직임까지 폭넓게 감시하고 있기도 하다.

  총 5개의 정보대대로 편성되어 있다.

  4개 대대는 한반도에 주둔하고, 1개 대대는 전시 증원 전력으로 캘리포니아 예비 전력 훈련장에 주둔한다.

  한국 전쟁이 끝났지만, 한반도의 군사적 긴장도는 꾸준하게 상승하고 있다.

  게다가 이승민 하야를 시작으로 해서 한국에서의 정치적 혼란이 위험할 정도로 높아져만 갔다.

  유럽과 중동 등의 주된 관심사에서 살짝 벗어나 있었지만, 미국은 한반도의 상황을 예의 주시하고 있었다.

  사회주의 노선과 부딪치는 최전선이라고 할까.

501정보여단 제524군사 정보대대 나오미 캄벨 중위는 대첩보전인 방첩과 인적 정보, 즉 휴민트를 담당하고 있었다.

그녀가 평소 하는 일은 한국에서 벌어지는 특이사항 정보를 취득하는 것이다.

"미국에서도 개발하지 못한 안티 에이징 화장품을 개발해 냈다고?"

처음에는 믿기 어려웠다.

하지만 근래 SF-NO.1에 대한 소식이 폭포수처럼 쏟아져 들어왔다.

그리고 무엇보다 SF-NO.1이 바로 그녀의 눈앞에 떡하니 모습을 드러냈다.

평소 친하게 지내던 정부 관료를 통해서 정말 어렵게 구한 물건이었다.

"이게 말이 돼? 대체 어떻게 만들어 낸 건데?"

혹시라도 좋지 않은 유해한 성분들로 범벅이 되어 있을 걸 우려해서 미군 부대의 비밀스런 화학연구소의 첨단 장비를 활용한 분석까지 맡겼었다.

분석표에는 인체에 유해한 성분은 발견되지 않았다고 기록되어 있었다.

"너무 난리 치지 마. 천재가 화장품을 개발할 수도 있는 거 아니야? 알아보니까 이미 대한민국에서는 유명한 사람이던데."

남자 동료가 가볍게 이야기했다.

"이건 함부로 평가할 수 있는 단순한 화장품이 아니야. 미국으로 데리고 가야 할 정도의 천재라고. 개발자 차준후라는 사람은 화학적으로 엄청난 재능을 가지고 있어."

하나에 꽂히면 그것만 집중적으로 파고드는 집요한 성격의 나오미 캄벨이었다.

정보대대의 비밀스런 임무에는 뛰어난 인재 영입이 포함되어 있다.

세상에 나오지 않은 혁신적인 화장품을 만들기 위해서는 천부적 재능과 이해력을 기본 조건으로 갖추고 있어야만 한다.

화장품들을 자주 사용하는 여성이었기에 잘 알고 있었다.

"그러면 미국으로 이민이나 귀화를 이야기해 봐."

여전히 남자 군인은 대수롭지 않게 여겼다.

주름을 개선시켜 주는 화장품이 무슨 대수라고.

'단순한 화장품에 호들갑이네.'

나오미 캄벨이 너무 요란스럽게 날뛴다고 생각했다.

미국에는 세계적으로 유명한 화학회사인 듀폴사 등을 비롯한 유수의 기업들이 있었고, 또 핵무기를 만든 오펜하우머도 있었다.

화학 천재는 미국에만 해도 넘쳐 났다.

"차준후라는 남자에 대해 좀 더 심층 있게 알아봐야겠어."

그녀가 자리에서 일어섰다.

과장되게 표현하면 그 나라의 산업 수준이 화장품을 결정한다고 말할 수 있다.

좋은 기능성 화장품은 발달된 산업에서 만들어진다.

화학품 덩어리이기 때문에 중화학 공업이 발전해야 하고, 화장품 용기들을 아름답게 만들 수 있는 산업들도 발달되어 있어야 한다.

몇십 년이 지난다고 하더라도 대한민국의 일반 산업이 선진국을 따라잡기란 요원했다.

그런 최빈국에서 세계 최초로 주름 개선 기능 화장품을 출시한 건 기적이나 다름없었다.

그녀는 미국 화학자들이 세계 최초로 원자폭탄을 만들었다는 것과 최빈국 한국에서 기능성 화장품을 만들었다는 걸 비교해 봤다.

미국에서는 이미 모든 기반 산업과 연구가 뒷받침되고 있었고, 정부 차원에서 전폭적인 지원까지 모든 게 탄탄하게 이루어졌다.

과학자들이 원자폭탄을 완성하기까지 고생하기는 했지만 정해진 길을 따라 걸은 셈이었다.

최빈국 대한민국에는 산업이라고 말할 게 거의 없었다.

이런 나라에서 주름 개선 기능성 화장품을 연구 개발한다는 건 눈 감고 걸어가는 것과 똑같다.

나오미 캄벨은 개인적으로 차준후를 원자 폭탄을 만든 과학자들보다 높이 평가했다.

"조사하려고? 나도 가야 해?"

"도와 달라는 소리 안 할 테니까 네 일이나 해."

나오미 캄벨은 개발자 차준후가 궁금해서 조금이라도 지체할 수가 없었다.

미국은 인재를 사랑한다.

전 세계에서 천재라고 인정받는 사람들을 블랙홀처럼 빨아들이고는 한다.

'스카이 포레스트는 최빈국인 대한민국에 어울리는 회사가 아니야. 이름부터 미국과 어울리잖아. 화장품들도 하나같이 영어로 되어 있고.'

나오미 캄벨은 진심으로 차준후를 미국 사람으로 만들고 싶었다.

영입이 쉽게 될 수도 있다고 판단했다.

실제로 기업이 성장하려면 시간, 공간, 환경의 영향을 크게 받는다.

시대를 앞서나가 세상을 놀라게 한 기술을 가졌다고 해서 모든 기업들이 성공하는 건 결코 아니다.

한때 세상을 놀라게 하고 수십억 혹은 수백억 달러로 평가받던 회사들 중 일부는 망해서 폐업하고 사라지기도 했다.

그녀는 차준후가 있어야 할 장소는 대한민국이 아닌 미국이라고 생각했다.

"SF-NO.1을 구하고 싶어요."

나오미 캄벨이 평소 친분이 있던 권력층 사람들을 만나고 돌아다녔다.

시중에 뿌려진 SF-NO.1의 숫자가 적었고, 여기저기서 눈독을 들이고 있는 사람들이 많았기에 주한미군이라는 특수한 위치와 달러까지 사용해야만 했다.

그 결과 SF-NO.1을 11개 거둬들일 수 있었다.

"10개는 집으로 보내고, 한 개는 내가 사용하자."

나오미 캄벨은 군인이지만, 동시에 피부를 사랑하는 여자였다.

주름 개선 화장품이 주는 유혹에 넘어가고 말았다.

실험용으로 사용했던 화장품을 직접 이용해 봤는데, 효과가 엄청나게 좋을 거라고는 상상하지 못했다.

직접 체험해 본 결과 말 그대로 신세계였다.

"미국에 있는 엄마와 언니 2명도 SF-NO.1을 사용해 보면 사랑에 빠지고 말 거야."

그리고 10개나 집으로 보내는 데에는 중요한 이유가 있다.

그녀의 집안은 화장품을 주로 취급하는 무역회사를 운영하고 있었다.

"이 화장품이라면 캄벨 무역회사에 막대한 이득을 안겨 줄 수도 있어. 주름 개선 화장품! SF-NO.1이라면 미국에 대유행을 불러일으키는 것도 가능할 거야."

아름다움에 대한 여자들의 사랑은 가히 집착이라 할 정도였다.

경제적으로 호황인 미국에서는 화장품 산업이 크게 부흥했고, 나날이 성장하는 중이었다.

당연히 경쟁이 매우 치열했다.

무역회사들도 세계에서 좋은 화장품을 찾기 위해 혈안이 되어 있었고, 캄벨 무역회사도 마찬가지였다.

SF-NO.1은 다른 무역회사에 넘겨주기 싫을 정도로 매우 탐이 나는 화장품이었다.

최빈국인 대한민국에 갑작스럽게 튀어나온 화장품이라 다른 경쟁자들을 아직까지 몰랐다.

그러나 시일이 흐르면 어떻게 될지 아무도 장담할 수 없었다.

그녀가 편지지에 SF-NO.1에 대한 이야기를 빼곡하게 작성하기 시작했다.

편지와 성분 분석표, SF-NO.1을 실은 군용기가 미국으로 날아올랐다.

SF-NO.1의 해외 나들이는 태평양을 건너며 시작되었다.

* * *

차준후는 평소처럼 출근 뒤에 커피 한 잔과 함께 신문을 읽어 나갔다.

신문에는 1960년대의 흐름이 고스란히 담겨 있었다.

당시의 상황을 제대로 알지 못했기에 매일 일과처럼 빼놓지 않고 신문을 읽고 있었다.

경제란의 한 기사가 차준후의 시선을 사로잡았다.

「국내 최초 형광등 개발한 광신전기 파산 위기.」

신문 기사에 따르면 1957년 광신전기가 형광등 개발에 성공했다고 나왔다.

"빠른 시기에 형광등 개발에 성공했구나. 이때 이승민 대통령까지 방문해서 박수를 쳐 줬어."

신문을 읽다 보면 이렇게 몰랐던 역사를 알게 된다.

미국과 유럽, 일본 등에서는 백열전구에서 형광등으로 조명을 교체하는 시기였다.

백열전구의 시대에서 형광등의 시대로 넘어섰다고 할 수 있다.

그러나 대한민국은 아직까지 백열전구를 대부분 사용하고 있었고, 심지어 전기가 들어가지 않은 가정들도 상당히 많았다.

"형광등 사용 시간이 12시간을 조금 넘는다고? 개발이 지지부진한 거구나."

연구와 개발의 고단함을 잘 알고 있었기에 크게 안타까워했다.

형광등 개발에 성공했을 때는 찬사를 받았지만, 지금은 천덕꾸러기 신세를 면하지 못했다.

관공서와 기업에서 사용하는 형광등은 전부 수입품이었다.

달러로 구매할 수밖에 없으니, 필요한 양보다 적게 수입할 수밖에 없었고, 항상 부족한 실정이었다.

광신전기는 이런 상황을 해결하기 위해 설립된 회사로, 형광등을 개발하는 데는 성공했으니, 수입 형광등과 경쟁할 수 있는 성능에는 미치지 못했다.

"투자가를 찾고 있다고?"

파산을 면하기 위해 몸부림치고 있는 광신전기는 자금이 필요했다.

투자금은 외부에서 수혈하지 못하면 문을 닫을 수밖에 없는 절박한 처지였다.

연구와 개발 자금이 지속적으로 필요했다.

파산 위기에 처했기에, 현 상황에서는 모든 연구 개발이 멈춘 상태이다.

대한민국에는 부족한 게 너무나도 많았는데 그 가운데 하나가 바로 조명이었다.

대한민국의 경제 발전은 확정되어 있다.

당연히 조명 산업은 미래의 유망 산업이다.

그러나 국내에서는 조명 시장을 주도하고 있는 기업이 없었다.

성공만 하면 얻을 것이 많다는 뜻이었다.

풍요로워진 사람들은 인테리어에 많은 돈을 사용하고, 그 가운데 조명은 무척 중요하다.

"음! 이것 괜찮겠는데……."

차준후의 뇌리에 12시간짜리 형광등을 사용하는 방법이 떠올랐다.

시간이 짧아도 괜찮다.

빛이 들어오는 동안은 어둠을 환하게 밝힐 수 있으니까.

형광등으로 일대를 아주 환하게 밝히기로 마음먹었다.

"나쁘지 않겠어."

공장 곳곳에서 백열전구를 조명으로 이용하면서 그 흐릿함으로 인해 불편했었다.

발광 효율이 높은 형광등이 그 문제를 해결해 준다.

12시간을 약간 상회한다고?

반나절마다 갈아 주면 환하게 지낼 수 있다.

"운지 씨."

"네, 사장님. 말씀하세요."

"광신전기에 연락해서 오전 중으로 약속을 잡아 주세요."

"알겠습니다."

종운지가 전화기를 집어 들었다가 내려놓았다.

"사장님, 통화 중이라며 연결을 할 수 없다고 하네요. 잠시 뒤 다시 시도해 볼게요."

10여 분 뒤에 그녀가 다시 전화를 걸었지만 여전히 통화가 되지 않았다.

30분 뒤에도 마찬가지였다.

광신전기에서 전화 통화를 하고 있던지, 아니면 파산 위기라는 신문보도로 인해 투자가들의 수많은 전화가 몰리고 있는 모양이었다.

"그냥 찾아가 봐야겠네요."

불쑥 찾아가는 게 좋은 모양새는 아니었지만 차준후가 직접 움직이기로 했다.

* * *

"왜 약속한 대출금을 추가로 내주지 않는 겁니까?"

안성일이 전화통을 붙잡고 하소연을 내뱉고 있었다.

찬란했던 그의 삶은 끝난 지 오래였다.

1957년.

천신만고 끝에 마침내 형광등 국산화를 이룩했다.

형광등 국산화 시범식에 이승민 대통령이 참석해서 기립박수를 보내기도 했다.

그러나 형광등 개발의 기쁨은 오래가지 못했다.

그러나 그 성공은 반쪽짜리에 불과했다.

여러 가지 문제가 많았는데, 형광등의 유리관을 제대로 만들 기계가 없어서 일일이 사람이 입으로 불어서 만들어야만 했다.

- 형광등 내구 기한이 12시간에 불과하잖아요.

무엇보다 짧은 내구 기한이 발목을 잡았다.

연구를 거듭한 끝에 시간을 늘릴 수 있었으나.

수입 형광등의 경우 3,000시간을 너끈히 버텼다.

비교 자체가 불가했다.

12시간짜리 형광등은 광신전기 실험실에서나 빛을 밝힐 수 있었다.

"내구 기한을 늘리기 위해서는 연구 개발이 꼭 필요합니다. 대출금은 연구 개발비입니다."

- 그 연구 개발 성공을 확정할 수 없잖아요. 깨진 독에 물 붓는 꼴이 아닌가요?

"대통령께서 연구 개발비를 전폭적으로 지원하겠다고

직접 약속하셨습니다."

안성일이 하야한 이승민 대통령을 꺼내 들었다.

집안의 재산과 미국에서 벌었던 자금, 심지어는 결혼 선물로 받았던 패물들까지 팔아서 공장 설비를 사들였다.

어두운 대한민국을 밝게 빛내 보겠다는 신념으로 매진했다.

미국에서 박사학위를 받고 귀국해서 조명 회사를 만들겠다고 할 때, 많은 사람들이 사서 고생할 필요가 있겠냐며 만류했었다.

하지만 그는 오히려, 아무도 걷지 않은 길이야말로 걸을 가치가 있다고 이야기했다.

- 지금은 그 약속을 했던 대통령이 없잖아요. 저희도 매우 난처합니다.

은행 대출 담당자의 말투가 매우 쌀쌀했다.

결코 대출을 해 주지 않겠다는 태도였다.

안성일은 신념을 가지고 형광등 개발에 매달렸지만, 차가운 현실에 무릎 꿇을 수밖에 없었다.

이승민의 하야 이후, 정부 정책 자금은 끊기고 은행 대출금이 완전히 막혀 버렸다.

형광등 연구 개발에 매진하고 있었는데, 대통령이 물러난 이후 광신전기의 자금줄이 메말라 버리고 말았다.

마른하늘에 날벼락이었다.

"대출이 안 되는 겁니까?"

- 우수한 형광등 개발을 완료하라니까요. 그러면 대출금이 나갈 수 있어요.

형광등 개발 완료 전에는 대출이 불가능하다는 소리였다.

- 처리해야 할 업무가 많습니다. 이만 전화 끊겠습니다.

전화가 매정하게 끊겼다.

따르릉! 따르르릉!

수화기를 내려놓자마자 전화벨 소리가 요란하게 울렸다.

"광신전기입니다."

- 평창동이오. 내 투자금 당장 돌려주시오.

평창동에서 크게 사채업을 하고 있다는 사업가였다.

돈이 급하다 보니 사채까지 끌어다가 사용할 수밖에 없었다.

"아직 약속 기한이 멀었지 않소? 조금만 기다려 주면 원금에 이자까지 합쳐서 돌려 드리다."

- 조만간 파산한다는 소식을 접했소. 오늘 당장 돌려주지 않으면 사람들을 보내 공장 시설이라도 뜯어 가겠소. 지금 갈 테니까, 그렇게 아시오.

사채업자다운 냉철한 소리가 들려왔다.

돈을 돌려받기 위해 기계를 가져다가 팔아치우고도 남을 사람이었다.

"하아! 다 때려치우고 싶네."

안성일은 눈물이 날 것만 같았다.

이런 푸대접을 받으려고 부귀영화가 보장된 꽃길을 뒤로하고 고국에 돌아온 것인가.

형광등을 개발하겠다고 했다가 화목하던 가정도 위태로워지고 말았다.

그는 미국에서 박사 학위를 마치고 난 뒤, 미국 조명 회사에서 취업해 달라는 부탁을 받았을 정도로 전도유망한 인재였다.

"더 이상 끌어다가 쓸 돈도 없고, 이제는 나도 모르겠다."

대한민국은 기술력도 빈약했고, 실험 장비의 수도 절대적으로 부족해서 형광등 만들기가 정말 막막했다.

형광등 국산화의 어려움은 안성일의 능력 부족도 있었지만, 대한민국의 빈약함 때문이기도 했다.

"미국으로 돌아갈까?"

대한민국 전기계, 특히 조명 업계를 빛내고 싶다던 그의 신념이 무너지고 있었다.

따르릉! 따르르릉!

전화가 또다시 울렸다.

이제 다 내려놓고 포기하고 싶었기에 받지 않았다.

끊어지지 않고 울어 대는 전화 소리에 질려 버렸기에 전화선을 뽑아 버렸다.

"형광등 완성이 멀지 않았는데……."

너무 안타까웠다.

형광등을 제대로 만들기 위해서는 길쭉한 관 양쪽에 필라멘트 전극을 연결하고, 관 속에 가스와 수은 증기를 집어넣으면 된다.

이 단계까지는 연구 개발을 완료했다.

다음 단계로는 길쭉한 유리관의 내부 표면에 형광 물질을 발라 놓아야 하는데, 여기에서 막혔다.

"국내에 SF유리 공장이 생겨서 출구를 찾은 셈이나 마찬가지야. 그런데 돈이 없어서 연락을 하지 못하고 있으니, 참으로 처량하구나."

SF유리와 함께 유리관을 만든 뒤에 형광등 실험을 하면 완성까지 이를 수 있었다.

형광등을 완성하고 인정받을 수 있는 길이 보이는데도 불구하고 어떻게 손써 볼 길이 없었다.

하늘이 원망스러웠다.

"직원들 볼 면목이 없네. 어떻게든 연체된 월급이라도 줘야 하는데, 어디 돈 나올 구석이 없나? 이럴 때 투자라도 나타나면 정말 좋잖아. 블루오션인 조명 산업에 투자한다는 혜안을 가지고 있는 투자자가 없는 거냐?"

안성일이 중얼거렸다.

회사의 분위기는 암울했다.

그도 그럴 것이 몇 달째 월급이 연체되면서 파산 이야

기가 떠돌고 있기 때문이었다.

그 탓에 살아 보겠다고 다른 직장을 찾아 떠난 직원들도 부지기수였다.

서른 명이 넘던 회사에 이제 겨우 열 명 남짓한 직원만 남았다.

능력 있는 직원들은 모두 살길을 찾아서 떠났고, 남아 있는 직원들은 그다지 능력 없는 부류에 속했다.

그만두고 나가 봤자 실업자였기에 돈을 받지 못해도 남아 있는 것이었다.

"사장님, 투자가가 찾아오셨어요."

여직원이 사장실로 찾아와 말했다.

"돈 받으러 온 빚쟁이야?"

"투자하겠다고 오셨는데요."

"투자한다고?"

"네. 스카이 포레스트 사장님이라고 하셨어요. 약속을 잡기 위해 전화했는데, 계속 통화 중이어서 직접 찾아왔다고 말씀하셨어요."

"당장 모셔요!"

안성일이 소리쳤다.

그토록 만나고 싶던 차준후가 투자하겠다고 회사로 찾아오다니.

이건 기적이었다.

하늘은 아직 그를 버리지 않았다.

아니.

모든 걸 포기하고 싶던 그를 차준후가 붙잡으려 하고 있었다.

"네."

"아니에요. 제가 직접 뵈러 나가야겠네요."

안성일이 자리를 박차고 뛰어나갔다.

이대로라면 회사를 닫을 수밖에 없었는데, 그야말로 귀인이 나타났다.

"안녕하십니까. 차준후입니다. 실례인 줄 알지만 약속도 잡지 않고 찾아왔습니다."

"천만의 말씀입니다. 전적으로 전화를 받지 못한 제 잘못입니다. 여기에서 이러지 마시고 안으로 들어가시죠."

안성일이 차준후를 사장실로 안내했다.

'이 사람이 바로 혁신적인 화장품을 쑥쑥 만들어 내는 천재로구나. 대한민국에 낙농산업을 일으킨 사람이기도 하고. 정말 대단한 사람이야.'

이제 겨우 이십 대 후반인 젊은 청년이 대한민국에 파란을 일으키고 있었다.

무엇보다 연구 개발을 잘한다는 사실이 너무나도 부러웠다.

인수

"아이스 아메리카노를 좋아한다고 들었습니다. 그런데 얼음이 없어서, 뜨거운 커피밖에 없는데, 괜찮으시겠습니까?"

안성일이 민망한 표정을 지으며 물었다.

원래 회사에 냉장고가 있었는데 지금은 사라졌다.

월급 못 받고 이직한 연구원들이 가져가서 중고로 팔아먹었기 때문이었다.

그런 모습을 지켜보면서 안성일은 아무런 말도 하지 못했었다.

"뜨거운 커피도 좋아합니다."

차준후가 웃으며 답했다.

'내 취향이 대체 어디까지 퍼진 거지?'

커피를 시원하게 먹는다는 소문을 생면부지의 사람이 알고 있다는 게 솔직히 웃겼다.

"여기 뜨거운 커피 두 잔 부탁해요."

"맛있게 타서 갔다 드릴게요."

여직원의 목소리가 무척이나 밝았다.

소식을 전한 여직원뿐만 아니라 나머지 모든 직원들이 사장실로 들어서는 차준후를 바라보고 있었다.

"저분이 회사에 투자하신다고?"

"돈이 엄청 많은 분이야. 이번에 해외에서 차관을 들여와서 경기도에 백만 평이 넘는 대목장까지 차리셨잖아."

"원래 돈이 많기로 유명해. 재무부 차관의 상속자니까."

"그럼 이제 우리 회사가 다시금 살아나는 거야?"

"물론이지. 이제 월급 걱정은 할 필요가 없어."

남아 있던 직원들의 얼굴에 화색이 돌았다.

"투자를 하고 싶어 찾아왔습니다."

사장실에 들어선 차준후가 용건을 곧바로 꺼냈다.

"감사합니다. 정말 감사합니다!"

무너져 가던 자신에게 도움의 손길을 건넨 차준후에게 안성일이 고개를 숙였다.

"투자금이 얼마나 필요하십니까?"

차준후는 광신전기 기업이 대한민국에 꼭 필요하다고 생각했다.

무너지게 내버려 두고 싶지 않았고, 그리고 투자금이 엄청나게 불려서 돌아올 거라 확신도 있었다.

형광등 개발이 완료된다면 그 파급력은 엄청나리라.

환하게 빛나던 대한민국에서 살아왔기에 그 사실을 누구보다 잘 알았다.

"……."

안성일이 잠시 고민했다.

이번 사태를 경험하면서 참으로 많은 걸 느꼈다.

'사업가로 살다가는 내 명을 다 누리지 못하고 죽겠어.'

아무리 생각해 봐도 자신은 사업가가 아니라 연구자나 과학자로만 남아야 했다.

사업은 체질이 아니라는 걸 뼈저리게 깨달았다.

"……투자금이 필요한 건 사실입니다. 하지만 회사의 운영은 내려놓았으면 하는 바람입니다. 사장님께서 광신전기의 운영을 맡아 주시는 건 어떻겠습니까?"

안성일이 말했다.

부족한 사장이 있는 것보다 능력 넘치는 차준후가 사장으로 있는 게 광신전기에 있어서 더욱 이득이라고 판단했다.

대한민국 경제를 성장시키고, 어둡던 국내를 밝게 빛나게 만들 수 있는 사람은 자신이 아니라 차준후가 더욱 적임자였다.

"네?"

차준후가 되물었다.

투자하러 왔다가 졸지에 회사를 얻게 생겼다.

"형광등 개발은 거의 성공 단계에 이르렀습니다. 그러나 그 과정에서 제가 회사를 운영하기에는 너무나도 부족한 인간이라는 걸 뼈저리게 느꼈습니다. 이제는 사장이라는 자리를 내려놓고 한 명의 과학자로 돌아가고 싶은 게 솔직한 심정입니다."

"지금까지 이룩한 성과가 아쉽지 않습니까?"

차준후가 안성일을 말렸다.

광신전기는 황금알을 낳는 기업으로 발전할 충분한 잠재력이 있었다.

남이 피땀 흘려 이룩한 성과를 그냥 꿀꺽 삼킬 수는 없는 노릇이었다.

"아쉽지 않다면 거짓말이겠지요. 그렇지만 다시 한번 난관에 부딪치게 되면 제정신이 온전히 남아나지 않을 것 같습니다."

사장 자리를 내려놓겠다는 안성일의 의지가 확고했다.

"좋습니다. 광신전기를 제가 인수하겠습니다. 그런데 조건이 있습니다."

"조건이라면?"

안성일의 눈동자가 흔들렸다.

혹시라도 지나치게 가격을 깎으려는 것이 아닌지 의구심이 피어올랐다.

"회사의 연구자로 연구 개발을 계속해 주셨으면 합니다. 그리고 제가 인수한 지분 가치를 당시 시세에 맞춰 되돌려준다면 언제라도 사장 자리를 돌려 드리도록 하겠습니다."

무턱대고 광신전기를 인수하지 않았다.

광신전기의 가치는 회사에 있는 것이 아니라 강한 신념으로 기술 개발하는 안성일에게 있다고 생각하니까.

"제가 사장 자리에 다시 앉을 일은 다시는 없을 겁니다. 무례하다고 할 수 있는 제 제안을 받아 주셔서 감사합니다."

안성일이 자리에서 벌떡 일어나 허리 숙였다.

"인수 금액은 제대로 가치를 산정해서 드리겠습니다. 현재 광신전기의 가치가 아니라 형광등 개발을 완료했을 때로 산정해서요."

차준후가 광신전기의 가치를 높이 평가했다.

형광등 개발 이후 가치로 산정해도 이득이 많이 남는 장사였다.

"……정말 감사합니다."

안성일의 허리가 더욱 깊이 내려갔다.

지금 당장 헐값으로 인수할 수도 있는데, 제대로 가치

를 산정해 준다고 한다.

방금 전 은행 대출 담당자와 사채업자의 쌀쌀했던 말투가 떠올랐다.

울컥했다.

남들이 모두 아니라고 할 때, 믿어 주는 사람이 있다는 건 정말 감사한 일이다.

똑똑똑똑!

노크 소리가 들리고 여직원이 커피 두 잔을 들고 들어왔다.

커피를 준비하는 시간이 조금 길었는데, 탕비실에 커피가 없었기 때문이었다. 옆에 위치한 기업에 가서 사정을 설명하고 타와야만 했다.

"커피 가져왔어요."

여직원이 커피를 탁자 위에 내려놓았다.

"잘 마실게요."

"수고했어요."

차준후와 안성일이 커피를 마시며 이야기를 나눴다.

고단한 사업의 길을 걸어 봤던 연구자들이었기에 대화가 잘 통했다.

자금, 인재, 회사 관리 경험이 부족하면 몸과 정신이 고생할 수밖에 없었다.

"형광등 유리관에 사용할 형광 물질들이 필요합니다.

푸른색의 텅스텐산칼슘, 청백색의 텅스텐산마그네슘, 주황색의 규산카드뮴이 있어야 합니다."

안성일은 이미 유리관에 필요한 형광 물질들을 알고 있었다.

"인산염계, 규산염계, 또는 순수형들이 필요한 거죠. 각 물질과 부활제의 조합을 다루다 보면 발광색과 강도 등을 다양하게 표현 가능합니다. 연구해 보면 그 과정이 대단히 복잡하다는 걸 알 수 있습니다."

화학 분야이기에 차준후도 형광등 안에 사용하는 형광 물질들에 대해서 잘 알았다.

화장품은 화학품 덩어리였으니까.

형광등 유리관에 사용될 형광 물질들에 대한 대화가 다른 쪽으로도 이어졌다.

형광등 개발 이후 광신전기를 경영하면서 자본을 축적하고, 기술 개발 자금을 아끼지 않고 투자하며, 생산기술을 향상시키는 전 방위에 걸친 이야기꽃을 피웠다.

"말씀드리기 조금 죄송한데, 제가 지금 당장 돈이 필요합니다. 그렇지 않아도 사채업자가 당장 돈을 갚지 않으면 설비를 뜯어 가겠다고 엄포를 놓아서요."

안성일이 조심스럽게 말했다.

회사 가치를 시간을 두고 평가해서 거액으로 주겠다는 사람에게 당장 돈을 내놓으라고 하다니.

미안했다.

"얼마나 필요하십니까? 편하게 말씀하세요. 제가 계약금으로 당장 드리겠습니다. 은행으로 함께 가시죠."

차준후가 안성일의 문제를 당장 해결해 주려고 했다.

이제는 그의 문제이기도 했으니까.

"우리 회사 스카이 포레스트에서 인수한다고 해요."

사장실에서 물러난 여직원이 밖에 나와서 직원들에게 들었던 대화를 전했다.

"진짜?"

"노크하기 전에 제가 똑똑히 들었어요. 사장님께서 부탁하셨고, 그걸 차준후 사장님이 받아들이셨어요."

"우와! 그러면 우리도 스카이 포레스트의 복지 혜택을 누릴 수 있게 된 거잖아."

"월급과 복지 혜택이 환상적이라던데."

"내게 이런 날이 올 줄은 몰랐어."

"버티고 있었더니 천국이 찾아왔네요."

직원들의 얼굴이 화색이 돌았다.

능력이 없어서 회사에 남아 있었는데 다른 직장 찾아간 능력자들보다 더욱 환상적인 스카이 포레스트로 들어가게 됐다.

"더 많은 월급 받게 됐다고 좋아하던 김 대리에게 이야기해 줘야겠다. 살살 약 올리는 것 같아서 기분이 나빴거든."

"그 뺀질이 놈. 원래부터 성격이 나빴어요."
"밀린 월급 달라고 사장님 닦달하던 직원들이 떠오르네요."
"뺀질이 김 대리가 성삼전기로 갔다던가?"
"맞아. 거기야."
"그들이 인수 사실 알게 되면 다시 받아 달라고 싹싹 빌 거야."
"받아 줄까요?"
"사장님은 호인이라 다시 받을지도 모르겠는데 스카이 포레스트 사장님은 원리원칙을 지키는 사람이라고 했어. 아마도 받아 주지 않으실 테지."
"받아 준다고 하면 도시락 싸 들고 다니면서 말릴 겁니다."
직원들이 도란도란 행복한 이야기를 나눴다.
끼익!
검은색 차량과 두돈반 트럭이 광신전기 안으로 들어섰다.
검은 양복과 금목걸이를 찬 건장한 체격의 사내가 승용차에서 내렸고, 트럭에서 연장을 든 대여섯 명의 사람들이 와르르 내렸다.
연장까지 든 건장한 사내들의 침입에 화기애애하던 직원들의 분위기에 물을 잔뜩 끼얹었다.
적막해진 가운데 사채업자가 사납게 소리쳤다.

"사장 어디 있어?"

"사장실에 계세요. 지금 다른 분과 함께……."

직원의 말이 채 끝나기 전에 사채업자가 움직였다.

빌려줬던 돈을 강제로 받으려 할 때는 속전속결이었다.

늦어졌다가는 광신전기의 위기를 접한 다른 채무자들이 찾아올 가능성이 높았다.

"내 돈 돌려주시오. 당장 주지 않으면 곧바로 설비를 뜯어 갈 거요."

사채업자가 사장실 문을 발로 박차고 들어서면서 소리쳤다.

창백한 얼굴로 자신에게 빌어야 할 안성일이 시큰둥한 표정을 짓고 있었다.

해 볼 테면 마음껏 해 보라는 자신만만한 태도였다.

사채를 하려면 막무가내가 아니라 상대방을 잘 살펴야만 한다.

눈치가 없으면 해 나갈 수 없는 게 바로 사채업이다.

합법과 불법 사이를 오가는 사채업이기에 잘못될 경우 교도소로 바로 직행이었다.

운 좋게 살짝 빛날 수는 있어도 나중에 꼭 문제를 일으키게 된다.

"우리 살쾡이 형님 피 같은 돈 떼어먹는다는 놈이 바로 여기에 있었구나. 빨리 돈 안 가져와?"

망치를 들고서 뒤따라 들어오던 사내가 요란하게 소리쳤다.

함께 온 다른 동료들은 밖에서 광신전기 직원들을 감시하고 있었다.

그때였다.

퍽!

사채업자가 사내의 뒤통수를 손바닥으로 강하게 후려팼다.

"왜 때려요? 살쾡이 형님이 시키는 대로 했는데……."

졸지에 얻어맞은 부하가 황당한 표정을 지었다.

"닥쳐. 그리고 형님이 아니라 사장님이다."

"살쾡이 사장님, 알겠습니다."

"큭! 그냥 닥치고 있어."

"넵."

사채업자는 멍청한 부하 때문에 골치가 아팠다.

공포 분위기를 조성하는 건 좋은데 현장을 봐가면서 해야지.

지금은 아무리 봐도 허리를 숙여야만 한다.

'행패를 부렸다가는 난리가 날 수도 있어.'

그의 머릿속에 위험하다는 경종이 마구 울렸다.

"험험험! 파산할 것 같다는 신문 기사 때문에 직원이 흥분한 모양이니, 너그럽게 이해해 줬으면 합니다."

"얼마요? 금액을 말해 봐요."

안성일이 물었다.

참으로 짜릿했다.

돈 때문에 쩔쩔매면서 사채업자까지 찾아가서 굽실거려야만 했다.

"음, 회사에 문제가 없다고 하니, 다시 돌아가도 되겠군요?"

사채업자가 정중하게 물었다.

높은 고금리로 빌려준 금액이었기에 묵히면 묵힐수록 이득이었다.

"안 됩니다. 오늘 받아 가신다면서요?"

"원래 계약 기간이 남아 있지 않나요? 계약은 지켜야 하는 법이죠."

사채업자가 능글맞게 이야기했다.

지금 자신이 뻗댄다고 해서 안성일이 뭘 어쩌겠는가.

돈 냄새가 아주 심하게 났다.

계약 기간을 유지하면 광신전기에 빌려준 사채로 막대한 거액을 챙길 수 있었다.

* * *

"이렇게 나올 거요?"

"계약대로 할 뿐입니다."

사채업자는 오늘 돈 받을 생각이 없었다.

"음! 저분 어디서 사채업을 하고 있나요?"

가만히 듣고만 있던 차준후가 끼어들었다.

"영등포에서 하고 있습니다."

"그래요? 흠! 제가 한 번 알아보겠습니다."

먼저 신뢰를 무너뜨렸으면서 원리 원칙을 운운하다니…….

앞뒤가 다른 인간을 혐오했다.

먼저 계약을 깼으면, 이쪽에서도 계약을 무시할 수 있다.

오는 게 있으니 가는 게 있는 건 평등하면서 자연스러운 법이다.

약할 때 비참하게 당해 봤기에 힘 사용에 주저하지 않는다.

"누구시죠?"

고가의 양복과 시계를 착용한 젊은이에게 사채업자가 조심스럽게 물었다.

'어디서 봤더라?'

보다 보니까 무척이나 친숙한 얼굴이었다.

직접 대면한 것 같지는 않은데 많이 본 얼굴이 확실하다.

"어! 스카이 포레스트 사장님이네."

입 닥치고 있던 사내의 눈동자가 커졌다.

오늘 천하일보 전면에 실려 있던 사진의 주인공을 직접 목격했다.

"뵙게 되어서 영광입니다."

진심을 담은 사내 망치가 넙죽 허리를 숙였다.

자신이 모시고 있는 사채업자 살쾡이 형님보다 더욱 존경하는 인물이 바로 차준후였다.

"아! 신문에서 자주 봤었구나."

그제야 사채업자가 차준후를 알아봤다.

전화 통화 전까지 굽실거리던 안성일 자신감의 원천이 바로 차준후에게 있었다.

'헉! 잘못하면 작살날 수 있다.'

알아보겠다는 방금 전 차준후의 말이 무섭게 느껴졌다.

사채업자라곤 하지만, 권력자들에게 찍히면 떨어지는 낙엽조차 조심해야 하는 신세였다.

재무부 차관이었던 차준후는 권력층과 관계가 두터웠고, SF-NO.1의 출시 임박과 함께 더욱 지도층과의 인맥이 강해졌다는 소문이 돌았다.

사채업자의 애인도 SF-NO.1을 하나 구해 달라고 아양을 떨어 댈 정도 아닌가.

차준후가 권력층에 처리 부탁한다는 청탁 한 방에, 지

금껏 일궈 온 모든 것들이 물거품이 될 수도 있었다.

그것만이면 다행이다.

교도소에서 오랜 세월을 보낼 수도 있었다.

"한 번만 봐주십시오. 제가 높은 분을 몰라뵙고 너무 날뛰었습니다. 정말 죄송합니다."

사채업자가 곧바로 허리를 바닥에 닿을 정도로 깊숙하게 숙였다.

그 옆에서 부하도 함께 허리를 숙여야만 했다.

"주는 돈 받고 조용히 물러가세요. 그러면 됩니다."

지독한 탐욕에 불쾌했었는데 눈치 빠르게 물러나는 게 나쁘지 않았다.

지도층의 부정부패가 심각한데, 사채업자 한 명 교도소에 보낸다고 해서 대한민국이 깨끗해지는 게 아니다.

"무례를 용서해 주셔서 감사합니다. 원금만 받겠습니다."

사채업자가 깊숙하게 다시 한번 허리를 숙인 뒤에 부하와 함께 사장실에서 물러났다.

"휴우! 하마터면 인생 나락 갈 뻔했네."

"살쾡이 형님, 스카이 포레스트 사장님을 제가 알아봤습니다."

"잘했다, 망치. 네 덕분에 위기를 넘겼어. 돌아가서 한턱 단단히 쏴 주마."

"감사합니다, 형님."

사채업자가 부하들을 끌고서 빠르게 광신전기에서 사라졌다.

* * *

대한민국에서 가장 현대적인 시설을 자랑하는 SF유리 공장에서 만들어진 길쭉한 관이 납품되었고, 제대로 된 형광등이 광신전기에서 만들어지기 시작했다.

실험 단계였기에 발광색을 달리하면서 소량씩만 생산하고 있었다.

"이제 실험을 하면 됩니다. 설레발일 수도 있겠지만 느낌이 좋습니다."

사장 자리를 내려놓고 연구소장 겸 부사장 자리로 옮긴 안성일이었다.

약간의 우여곡절이 있었다.

'대표를 사장님께 부탁드리고 저는 연구 개발에만 집중하고 싶습니다.'

'지금까지처럼 앞으로도 회사는 저보다는 연구소장님을 믿고 나아갈 겁니다. 어렵고 힘든 걸 옆에서 도와드릴 테니까 절 믿고 함께 고생하시죠. 저는 마중물의 역할을 하면서 연구소장님께서 하고 싶어 하는 걸 마음껏 할 수 있

는 회사를 만들겠습니다. 부사장 자리를 맡아 주십시오.'

차준후의 간곡한 부탁에 부사장 자리를 맡을 수밖에 없었다.

힘들고 어려운 건 같이 해야지. 어딜 도망가려고 합니까.

편하게 쉬는 걸 두 눈 뜨고서 가만히 두고 볼 수는 없습니다.

연구소장이면서 부사장으로서 열심히 일하세요!

차준후가 불러들인 김운보 변호사가 동료 변호사들과 함께 광신전기 인수에 대한 면밀한 조사와 서류 작성, 진행 등을 전담하고 있었다.

"실험에 저도 참여하겠습니다."

"실험실에서 식견이 높은 사장님과 함께하다니 영광입니다."

"실험실에서는 아니고요. 밖에서 회사 간판과 직영점 간판으로 직접 사용해 봅시다. 연구소장님은 실험실에서 따로 실험하시면 됩니다."

안성일은 부사장이 아니라 연구소장으로 불리는 걸 선호했다.

"형광등 사용 시간이 짧게 나올 수도 있습니다."

실험을 하다 보면 개선해야 할 점은 항상 나오기 마련이다.

"사장님의 생각에 반대합니다. 연구자의 입장에서, 초기 제품은 언제 어디서 어떻게 발생할지 모르는 잠재적인 위험 요소를 가지고 있다고 생각하고 있으니까요."

"저도 초기 제품을 곧바로 상용화한다는 게 무리라는 걸 알고 있습니다."

어렵게 국산화를 했지만 아주 튼튼하고 오래가는 형광등이라고 말하기는 힘들었다.

차츰차츰 개선점들을 고쳐 나가고, 형광등에 들어가는 재료와 소재들에 대한 연구를 지속적으로 해 나가야만 한다.

선진국 형광등에 비해 기술적으로 부족한 점은 명약관화했다.

"형광등을 밖으로 가지고 나간다면 최악의 경우 2시간짜리 형광등처럼 문제가 나타날 위험성이 있습니다. 실험실에서 조용하게 실험하는 편이 여러모로 좋습니다."

이번 형광등 품질이 비약적으로 좋아졌다고 생각하고 있지만 연구자는 맹목적인 확신을 가져서는 안 된다.

"뭐가 문제입니까? 판매하지 않고 스카이 포레스트에서만 실험적으로 사용할 생각입니다. 그 실험 과정에서 문제가 발생하면 기록한 뒤에 형광등을 새로 바꾸면 됩니다. 실험을 대규모로 한다고 생각합시다. 실제로 사용해 가면서 문제점들이 나타나면 고쳐 나갑시다."

차준후가 불도저처럼 밀어붙였다.

내 돈으로 내가 샀다.

사용 시간이 짧아도 괜찮았다.

내 돈으로 실험하면서 형광등이 나갈 때마다 갈아 주면 되니까.

심도 있게 고민해 봐도 문제 될 것이 없었다.

"형광등이 밝게 빛나면서 오랜 시간을 버틴다고 생각해 봅시다. 이건 실험인 동시에 광신전기의 기술력과 연구소장님의 이름을 대한민국에 널리 자랑할 수 있는 기회의 장이기도 합니다."

"사장님······."

"설령 잘못되어서 문제가 발생해도 괜찮아요. 처음부터 완벽한 걸 원하면 연구자가 아니죠. 연구자는 무수한 실패와 함께 욕먹을 각오를 되어 있어야 합니다."

"들어 보니 제가 너무 걱정만 하고 있었나 봅니다. 사장님 뜻을 따르겠습니다."

안성일이 더 이상 제지를 하지 못했다.

생각하는 자체가 판이했다.

막무가내처럼 보이는데 어떻게 생각하면 참으로 시원하게 느껴졌다.

직접 사용할 사람이 문제없다는데, 연구소장이 뭐라고 하겠는가.

"제가 너무 강하게 압박한 건 아니지요?"

"그런 생각은 하지도 마십시오. 사장님의 위치에서 당연한 이야기를 하신 거니까요. 사장님 덕분에 제가 요즘 살맛이 납니다."

"좋은 일이라도 있나요? 얼굴이 밝아지기는 하셨네요."

"힘들고 어려웠는데, 사장님을 만나고 난 뒤 모든 게 다 좋아지더라고요."

위태롭게 흔들리던 가정이 경제적으로 풍족해지면서 다시금 화목해졌다.

허리띠를 졸라매며 아이들 교육 때문에 힘들게 일해 왔던 부인의 얼굴에 다시금 웃음이 피어났다.

부인이 하던 일을 곧바로 그만두고, 전업주부로 돌아섰다.

엄마와 함께하는 시간이 길어지면서 아이들도 좋아했다.

모두가 행복했다.

스카이 포레스트 투자와 인수 사실이 알려지면서 며칠 전 투자금을 받아 갔던 사람들의 전화가 다시금 빗발쳤다.

"다시 찾아와서 투자하겠다고 말하는 채권자들이 얼마나 많은지 모릅니다."

"귀찮으면 만나지 마시고, 정문에서 돌려보내세요."

"그럴 수는 없죠. 그들과의 만남이 얼마나 재미있는데

요. 채권자였던 사람들이 더 많이 찾아왔으면 하는 바람입니다."

안성일이 더 이상 투자금은 필요 없다며 정중하게 말하며 채권자들을 돌려보냈다.

전에는 채권자들이 찾아오면 심장이 요란하게 뛰고, 식은땀이 날 정도로 힘들었다.

이제는 여유로워졌기에 채권자들을 아주 정중하게 대했다.

그러면서 잘 나간다는 사실을 친절하게 알려 줬다.

"어제는 거래 은행 지점장이 직접 찾아와서 부하 직원의 실수였다면 고개를 조아리기까지 했죠. 그 옆에서 쌀쌀맞던 대출계 직원이 잘못했다며 허리까지 숙였는데, 십 년 묵은 체증이 내려가는 기분이었습니다."

"그래서 용서해 줬습니까?"

"상쾌한 기분에 창업한 이후로 꾸준하게 이용하던 거래 은행을 바꿔 버리겠다고 통보했습니다. 사장님께서 결정을 내려야 할 부분이지만요."

"잘하셨습니다. 연구소장님 의견과 제 생각이 일치하는군요."

"사장님 덕분에 광신전기가 위상을 드높이고 있습니다."

광신전기가 조만간 형광등 개발을 완료할 거라는 소문이 돌았다.

그 덕에 사람들의 큰 관심을 끌고 있었다.

게다가 차준후가 광신전기를 인수했다는 사실이 신문 보도로 이어지기까지 했다.

많은 한국인들은 차준후가 어떤 행보를 전할지 잔뜩 기대하고 있었다.

광폭 행보라고 할까.

지금껏 어떤 사업가도 차준후보다 빠르고 격렬하면서 환호하는 소식들을 연달아서 전하지 못했다.

차준후의 광폭 행보에는 한국인들의 기대를 모으게 하는 힘이 있었다.

그간 미국과 일본의 형광등이 시장을 주름잡고 있었다. 이런 판국에 형광등 국산화를 일궈 냈다는 건 엄청나게 큰 의의가 있었다.

"제 덕분이 아니죠. 형광등 개발에 앞장선 연구소장님의 피땀이 이제야 제대로 평가를 받는 겁니다. 실제로 현장에서 사용하면서 형광등이 제대로 작동하는지 살펴보면 됩니다. 신뢰를 쌓은 다음에 적극적인 판매를 나설 계획입니다. 연구소장님은 국내 조명 분야의 아버지로 불리실 겁니다."

형광등은 단순한 개발품이 아니라 국가 발전에 이바지하는 물건이다.

형광등은 백열등에 비해 효율이 좋고, 소비 전력은 3분의 1에 불과하다.

국가 전력을 획기적으로 줄여 주는 효과가 있다.

백열전구에 비해 설비비가 많이 든다는 단점이 있지만, 형광등의 수명은 백열전구보다 최소 5배 정도 길고, 최대 10배 이상 사용도 가능하다.

선진국이 백열전구에서 형광등으로 바꾸는 건 단점보다 장점들이 많기 때문이다.

안성일은 대한민국 발전에 엄청난 공헌을 한 것이다.

연구자에게는 돈보다 명예가 더 드높을 때가 있다.

미국에서 귀국한 뒤 지속적으로 추진한 안성일의 형광등 개발에 한국인들은 존경심을 보내야만 한다.

그 결실의 위대함은 누구도 무시할 수 없다.

"알아주셔서 감사합니다."

안성일이 고개를 숙였다.

어쩜 이리 말을 예쁘게 할까.

자신보다 나이가 어린 사장님이지만 존경할 수밖에 없다.

'조명 산업까지 할 생각은 없었는데, 이러다 문어발 기업이 되는 것 아니야?'

광신전기를 인수한 차준후는 스카이 포레스트 사업 확대의 또 다른 교두보를 마련했다.

제5장.

채널 간판

채널 간판

가을이 깊어져 가는 어느 날.

용산 일대가 서서히 어두워져 갔다.

용산 번화가는 그래도 가로등이 들어와서 괜찮았지만 낙후된 곳에는 전기와 상하수도 같은 공공시설이 없는 곳도 많았다.

허허벌판에 다 쓰러져 가는 판잣집들도 많은 곳이 바로 용산이었다.

판잣집에서 하루하루를 살아가는 사람들은 손전등이나 촛불, 횃불 등으로 어둠을 밝혔다.

어두워진 후에 가난한 사람들이 할 수 있는 건 많지 않았다.

오후 7시 50분.

야간 연장 근무를 한 직원들이 평소보다 일찍 스카이 포레스트 정문에서 밖으로 나왔다.

 평소보다 10분 빠른 퇴근이었다.

 다른 날 같으면 퇴근을 마친 직원들이 발걸음도 가볍게 집으로 돌아갔을 터였다.

 그런데 오늘따라 직원들이 집으로 가지 않고 정문 근처에서 서성거리고 있었다.

 전봇대에 달려 있는 가로등의 백열전구가 불을 밝히고 있었지만 일대의 어둠을 몰아내는 게 역부족이었다.

 스카이 포레스트 공장 근처가 어둠에 휩싸여 있었다.

 "점등식을 언제 한다고 했어?"

 "직원 퇴근하는 시간대에 맞춰서 한다고 하셨어."

 "간판을 새롭게 만들었는데, 무척 멋있어 보인다."

 "수석 디자이너가 공들여서 만들었다고 하더라고."

 "회사 수석 디자이너인데 얼굴 보기가 힘드네."

 "사장님이 붙여 주신 미대 교수들에게 열심히 배우고 있다는 이야기를 들었어."

 "직장에 다니는 거야? 학업 활동을 하는 거야? 수석 디자이너 전영식에게만 너무 특혜를 주고 있는 거 아니야? 회사가 많은 돈을 벌고 있으면 사장은 일개인이 아닌 모든 직원에게 베풀어 줘야 하잖아."

 사장실에 걸려 있는 초상화 한 점에 아파트를 선물해

줬다는 소문은 일부 사람들에게 부러움과 질시를 크게 불러일으켰다.

"그런 소리 하지 마. 함부로 떠들다가 사장님 귀에라도 들어가면 어떻게 하려고? 나는 지금만 해도 너무 행복하니까."

"그냥 그렇다는 소리야. 단순히 회사가 잘되라고 이야기한 거잖아."

"난 사장님이 베푼 은혜도 모르는 네 생각에 동의하지 않아. 불평불만은 너랑 어울리는 사람들에게나 가서 떠들어. 우리 사장님처럼 근로자를 챙겨 주는 착한 분은 세상 어디를 가도 없어."

얼굴을 잔뜩 찌푸린 직원이 다른 곳으로 이동했다.

먹고살 만해진 직원들 일부는 전영식의 혜택에 불만을 품고 있었다.

아침 7시부터 저녁 8시까지 열심히 땀 흘려 일하는 자신들보다 학업에만 집중한 수석 디자이너가 받아 가는 월급이 훨씬 많았다.

능력 있는 사람을 크게 대우해 준다는 건 차준후의 창립 이념이었다.

평소 오후 6시가 되면 칼퇴근을 하던 차준후도 인도에 서서 스카이 포레스트 정문을 올려다보았다.

어둠이 서서히 내려앉고 있는 회사의 분위기가 무척 음

산해 보였다.

"8시가 되면 간판을 점등할 겁니다. 역사적인 순간일 수도 있는데, 기분이 어떠세요?"

차준후가 옆의 안성일을 바라보며 이야기했다.

"이런 날이 한시라도 빨리 오기를 바랐는데, 막상 오늘이 오니까, 굉장히 떨리네요."

"그렇죠."

잔뜩 긴장했는지 안성일의 입술이 파르르 떨렸다.

차준후의 오른쪽에는 아크릴 간판을 새롭게 디자인한 전영식이 서 있었다.

그간 잔뜩 성장한 예술적 역량을 간판에 새롭게 녹여냈다.

그토록 원하던 예술의 길로 들어선 전영식은 자신이 가장 잘 다루는 익숙한 간판 작업에서 그동안 배웠던 모든 걸 접목해 냈다.

'재미있는 작업이었어.'

물감과 붓으로 그리지 못하고 아크릴로 입체적 간판을 만든다는 제약이 있었지만 색다른 경험이었다.

'사장님께서 채널 간판이라고 했었지.'

평평한 네모진 각판이 가득한 국내에 입체화된 채널 간판은 아직 나오지 않았다.

21세기에서 거리를 걷다 보면, 흔하게 발견할 수 있는 것이 채널 간판이었다.

그러나 차준후로 인해 그 등장이 앞당겨졌다.

'역시 공돌이들을 갈면 어떻게든 물건이 나오기는 하는구나.'

차준후가 기술자들의 노고를 대단히 높이 평가했다.

스카이 포레스트의 알파벳 글자에 맞는 형광등을 별도로 제작하기 위해 SF유리 공장과 광신전기의 기술자들이 엄청난 고생을 해야만 했다.

물론 그 고생의 대가는 성과급으로 톡톡히 돌려주었다.

전홍식은 군더더기를 버리고 채널 간판에 그림을 그려 넣는다고 생각하며 작업했다.

표현에 제약은 있었지만, 다행스럽게도 채널 간판 안에 자신의 정체성을 담을 수 있었다.

하다 보니까 알파벳 문자는 기본이고, 로고와 그림도 만들 수 있다는 걸 알게 됐다.

완성된 채널 간판을 본 차준후가 전영식에게 최고라며 엄지를 치켜세웠었다.

'제발, 사장님을 실망시켜 드릴 순 없어.'

부디 자신의 손에서 탄생한 결과물이 환하게 빛날 수 있기를 기도했다.

이때였다.

스카이 포레스트 정문에 걸린 아크릴 채널 간판이 순간

적으로 환하게 빛났다.

광신전기 형광등을 내부에 품은 채널 간판은 정말 일대를 대낮처럼 환하게 밝혔다.

약한 가로등 불빛 아래 어두웠던 정문의 모습이 완전히 사라지고 마치 별처럼 반짝였다.

"우와아! 정말 환상적이네요."

"아름답네요. 간판을 보고서 멋있다는 느낌을 받는 건 처음입니다."

"어두운 밤에 보니까, 정말 멋있다. 빛나는 자체만으로도 끝내준다. 그런데 간판이 예술적으로 있어 보이니까, 탄성이 절로 튀어나와."

직원들이 점등된 간판을 보면서 연신 감탄했다.

외관상으로도 아름다운 채널 간판이 빛나고 있었는데, 스카이 포레스트가 어둠 속에서 보석처럼 반짝이는 것처럼 보였다.

"……."

안성일의 두 눈에서 눈물이 흘러내렸다.

머릿속으로 그동안 고생했던 기억들이 파노라마처럼 스치고 지나갔다.

저건 단순한 반짝거림이 아닌 피와 땀으로 만든 기술의 빛이었다.

대한민국을 빛내겠다는 신념의 결과물이 환한 빛을 토

해 냈다.

말로 표현하지 못할 감동에 휩싸였다.

"축하드립니다."

차준후가 말을 건넸지만 안성일은 자신만의 상념에 빠져 미처 듣지 못했다.

그런 안성일을 차준후가 가만히 내버려 뒀다.

'예술가들은 때와 장소를 가리지 않고 영감에 빠져들고는 하는구나.'

고개를 돌려 옆의 전영식과 대화를 하려고 했는데 입을 닫아야만 했다.

영감인 동시에 자신과의 싸움인 것이다.

마음속에 떠오른 감정과 느낌들을 그려내고 만들어 내야 하니까.

그 치열한 예술가들의 삶을 전영식과 함께하면서 차준후는 어렴풋이 느낄 수 있었다.

"아!"

전영식의 두 눈이 커졌다.

미적인 요소를 자기 방식으로 회사 간판에 녹여 냈다.

입체적인 채널 간판이 어둠 속에서 빛나면서 낮과는 다른 분위기를 뿜어냈다.

'간판도 예술이 될 수 있구나.'

전영식의 내면에서 간판 제작에 대한 흥미가 부쩍 자라

났다.

 미적 예술이 화폭에만 있는 것이 아닌 일상생활 곳곳에 있다는 걸 새삼 깨달았다.

 세상은 넓었고 온갖 물건들로 넘쳐흘렀다.

 세상 만물에 예술을 담을 수 있었다.

 "사장님, 불러 주셔서 정말 감사드려요."

 이하은 기자가 차준후에게 고마움을 표시했다.

 SF-NO.1 단독 인터뷰를 해 주지 않아서 살짝 실망하기도 했지만, 역시 잊지 않고 다시금 특종을 선사해 주셨다.

 한때 실망했던 자신을 후회했다.

 '특종이다. 이건 특종이 틀림없어.'

 아낌없이 특종을 주는 차준후는 존경받아야 마땅했다.

 사람 한 명 잘 만난 인연으로 각종 정보를 다른 기자들보다 빠르게 제공받을 수 있었다.

 우연히 걸려 왔던 전화를 무시하지 않고 받아들였던 게 신의 한 수였다.

 펑! 펑!

 내일 천하일보의 1면을 독차지할 생각에 그녀가 사진기로 환하게 빛나고 있는 스카이 포레스트 정문을 연신 찍어 댔다.

 "형광등 국산화에 성공했다고 받아들여도 될까요?"

 이하은이 차준후에게 물었다.

"성공했다고 말하기에는 너무 성급하겠죠. 실험실에서 형광등 내구 기한을 확인하고, 문제점들을 발견해서 지속적으로 개선한 끝에 시장의 검증을 받아야 완벽히 성공했다 말할 수 있습니다. 성능과 안정성을 검증하기까지 시간이 필요합니다."

차준후가 설명했다.

일례로 낮은 기온에서도 제대로 작동하는지 점검하는 것은 필수다.

한반도는 겨울에 영하 수십 도까지 떨어지기도 하기 때문이다.

그런데 광신전기 실험실에는 저온을 실험할 수 있는 장비가 없었다.

냉동창고를 빌려서 실험해야 할 판이었다.

저온 조건에서의 형광등의 성능은 어느 정도인지, 내구 기한도 확인해야 했다.

형광등의 성능과 안정성에 있어 확인해야 할 내용들이 무척 많았다.

"성공했다는 기준으로 최초 양산 계획은 어떻게 됩니까?"

"설비를 확충한 뒤에 생산할 계획입니다."

"안성일 박사님에게 소감을 물어봐도 될까요?"

미국에서 귀국해서 오랜 세월 형광등을 개발해 낸 주역 안성일에게 묻고 싶은 것들이 많았다.

"감동에서 깨어난 뒤에 물어보세요. 예술가로서 중요한 순간을 맞이하고 있으니까, 우리 수석 디자이너도 가만히 내버려 두시고요."

차준후가 안성일과 전영식을 잠시 가만히 내버려 두라고 조언했다.

"알겠어요."

이하은이 사진기로 안성일을 찍었다.

펑!

사진기 플래시가 강렬하게 터졌다.

감동 어린 안성일의 모습은 기자로서 놓치기 싫은 피사체였다.

"이게 무슨 일이야?"

"어둡던 길이 환해졌네."

"툭 튀어나온 스카이 포레스트 간판이 왜 저렇게 빛나는 건데? 저러다가 불이라도 나는 건 아닌지 모르겠네."

"스카이 포레스트가 또 대단한 일을 해냈군."

힘든 하루 일과를 끝마치고 언덕길을 올라 집으로 향하던 사람들이 스카이 포레스트 정문으로 몰려들었다.

직원들에게 일의 자초지종을 알게 된 사람들이 한쪽에 서 있는 차준후를 바라보았다.

"저번에는 인도에 보도블록을 깔더니, 이제는 난생처음 보는 간판으로 길을 환하게 밝혀 버리는구나."

"아주 대단한 사업가야."
"난 무조건 스카이 포레스트 직원이 될 거다."
"나도."

사람들이 발걸음을 멈춘 채 스카이 포레스트의 환상적이면서 멋진 간판을 쳐다보았다.

채널 간판 하나만으로 음산하던 거리의 분위가 밝게 바뀌어 버렸다.

간판은 광고판이나 마찬가지였다.

스카이 포레스트의 간판은 저 멀리 떨어진 언덕 아래에서도 보였다.

수많은 사람들이 어둠 속에서 갑작스럽게 튀어나와 환하게 일대를 밝히는 아름다운 간판에 시선을 빼앗겼다.

밤을 밝히는 스카이 포레스트의 채널 간판은 쉽게 찾아볼 수 없는 아름다운 예술작품이었다.

사람들에게 큰 인기를 끌었다.

「스카이 포레스트」

예술적인 아름다움을 듬뿍 담긴 채널 간판은 용산뿐만 아니라 직영점이 열릴 종로에서도 반짝거리고 있었다.

밤이 깊을수록 스카이 포레스트 채널 간판은 더욱 눈에 띄었고, 지나다니는 행인들과 도로를 질주하던 자동차들이 멈춰 서 구경했다.

스카이 포레스트 간판은 용산 후암동과 종로의 밤을 환하게 밝혀 주는 이정표가 되어 갔다.

시간이 지나면서도 간판에 들어간 형광등들은 하나도 꺼지지 않았다.

그렇게 국내 유일의 국산 형광등은 2시간짜리라는 오명을 벗어 던지고.

당당히 그 위용을 빛내었다.

* * *

「광신전기가 드디어 해냈다. 형광등 국산화 완성 임박.」
「광신전기! 스카이 포레스트의 품에 안기다.」
「안성일 박사님의 집념이 만든 국산 형광등!」
「스카이 포레스트 간판이 용산과 종로의 밤을 환하게 밝혔다.」
「환상적인 채널 간판. 그 아름다움에 감탄하다.」

천하일보에 이하은 기자의 보도가 단독으로 실린 다음부터 신문 기사가 폭포수처럼 쏟아졌다.

"형광등을 빠르게 양산하는 것이 바로 애국입니다. 늦어질수록 외화가 낭비됩니다."

"실험 장비들을 지원하면 그 시간을 단축할 수 있답니다."

간판의 불이 꺼지지 않는 걸 확인한 기자들은 형광등 국산화에 걸리는 시간을 최소화해야 한다고 입을 모았다.

"일본에서 들어오는 형광등은 올해 상반기 최대 수입 기록을 세웠다. 그리고 이번 하반기에 다시 역대 최고치를 경신할 것이 확실시된다."

국내에서 형광등이 필요한 곳은 점점 늘어났다.

전량 수입에 의존할 수밖에 없는데, 일본 제품의 성능이 좋으면서 미국 제품에 비해 저렴했다.

일본을 싫어하는 한국인들이지만 국내 곳곳에는 형광등을 비롯한 일본 제품들이 마구 범람하고 있었다.

"우와! 사실 나는 먹고살기 힘들어서 스카이 포레스트에 관심을 가지지 않았거든. 지금까지 이 회사 화장품들을 사용해 본 적도 없어. 그런데 밤에 반짝거리는 저 간판을 보니 한 번 이용해 보는 것도 괜찮다는 생각이 드네."

"스카이 포레스트라는 이름이 내 가슴속에 깊숙하게 들어왔다."

"스카이 포…… 에이! 이름을 부르기가 너무 힘들어. 다른 사람들이 말하는 것처럼 하늘숲이라고 불러야겠다."

"크크크! 스카이 포레스트는 하늘숲이라고도 불리고, 천림이라고 하는 사람도 있어."

공식적인 명칭은 스카이 포레스트였다.

그런데 한국인들 사이에서는 발음하기 힘든 영어 대신에 하늘숲과 천림으로 불리기도 했다.

"그런데 간판에 형광등을 잔뜩 집어넣으면 전기세가 엄청 많이 나오겠네?"

"대한민국에서 잘나가는 사업가 지갑은 걱정할 필요가 없어요. 먹고살기 힘든 우리 처지를 걱정해야지."

서민들은 의식주를 해결하기 힘든 시기였다.

어렵고 힘든 가정의 어린아이들은 학교에서 교육조차 제대로 받지 못한 채 사회로 나설 수밖에 없었다.

제대로 먹지 못해 영양실조에 걸린 아이들도 많았다.

"맞는 말이네. 갑부의 전기세를 걱정해 주는 건 너무 정신 나간 생각인 것 같다."

"대한민국 돈을 쓸어 담는다고 하잖아."

"스카이 포레스트의 사장은 서민을 신경 쓰고 있잖아. 저런 사업가가 크게 성공했으면 좋겠다. 그런 의미에서 화장품이니 하나 사서 마누라에게 가져다줘야겠어."

"내 부인도 하나 가져 보고 싶다고 그렇게 이야기하더라고. 나도 고생만 죽도록 한 부인에게 선물해 줘야겠다."

어둠을 밝히는 간판은 사람들의 마음속에 스며들었다.

차준후에게는 친숙한 간판이었지만 1960년대 세계에

서 가장 가난한 나라에 살아가는 사람들에게는 충격으로 다가왔다.

어두운 밤에 강렬한 빛을 토해 내는 간판!

차준후의 행동은 사람들에게 선진국의 편린을 보여 주었다.

그리고 그것은 그대로 스카이 포레스트에 대한 관심과 사랑으로 바뀌었다.

"스카이 포레스트 화장품 있어요?"

"죄송합니다, 손님. 오전에 모두 판매되었어요."

"이제는 오후에 그 회사 화장품 구하기가 너무 힘드네요."

"오전에 오지 않으면 불가능하다고 생각하셔야 해요. 애당초 들어오는 물건이 적은 것도 있지만 찾는 사람들이 부쩍 늘어났어요."

광고 효과는 엄청났다.

스카이 포레스트 화장품의 판매 속도가 족히 3배 정도로 늘어났다.

"요즘 간판 홍보가 장난이 아니라고 하더라."

"종로에서 봤어. 정말 대단하던데."

"전기세가 엄청 나오겠더라, 간판 제작 비용도 비쌀 것 같아."

"가격을 떠나서 홍보 효과가 엄청나잖아. 스카이 포레스트 매출이 껑충 뛰어올랐다고 난리야."

갑작스럽게 튀어나온 형광등 간판이 기업인들과 상점 주인, 간판 업계 등 관계자들을 요란하게 흔들었다.
　돈을 잔뜩 투자한 스카이 포레스트의 간판은 괄목할 만한 성과를 거두고 있었다.
　그렇지 않아도 잘 나가던 사업이 순풍을 받고서 더욱 이익의 폭을 늘려 버렸다.
　최근 종로에 준비하는 직영점 출점에 속도를 내고 있었다.
　스카이 포레스트 간판을 단 직영점이 언제 개업할지 기다리고 있는 사람들이 매우 많았다.
　업계에서는 스카이 포레스트의 인기 상승의 요인으로 간판을 제일로 꼽았다.
　간판은 업체를 대표하는 얼굴이다.
　1960년대 간판 재료들은 천, 나무, 함석 등이 주류를 이루고 있었다.
　빛나는 간판들도 있다.
　그러나 지금까지는 간판 내부가 아닌 외부에 네온사인이나 백열전구 등을 다는 게 전부였다.
　간판 재료들이 서서히 플라스틱으로 대체되고 있었는데, 스카이 포레스트의 차준후에 의해 내부에 형광등을 집어넣은 채널 간판이 새롭게 등장했다.
　"우리도 저렇게 만듭시다."

"스카이 포레스트가 하면 우리도 할 수 있어요."
"이번 기회에 간판을 멋지게 바꿉시다."
"돈이 많이 들어도 상관없다. 간판 바꿔!"
기업들이 스카이 포레스트처럼 채널 간판을 만들려고 했다.
한 기업이 선도하면, 따라 하는 게 자연스러운 일이다.
유행이란 그런 거니까.
"불가능합니다. 빛나는 않는 채널 간판은 제작이 가능한데, 그건 알맹이가 빠진 껍데기만 있는 것이죠."
"돈으로 할 수 있는 일이 아닙니다."
"채널 간판을 만들려면 스카이 포레스트에 제작 의뢰를 해야만 합니다."
"채널 간판에 들어가는 형광등을 제조할 수 있는 곳은 국내에 스카이 포레스트밖에 없습니다."
간판 제작자들이 몰려드는 의뢰에도 불구하고 아무것도 할 수 없었다.
그저 불가능하다는 말만 반복했다.
그리고 꼭 하고 싶으면 스카이 포레스트에 간판이 들어갈 제각각 크기의 형광등 제작을 별도 의뢰해야 한다고 이야기해 줬다.
수많은 기업과 상점들에서 스카이 포레스트와 광신전기에 형광등 제작을 의뢰했다.

"제발 내 돈을 받고 형광등 좀 만들어 줘."
"형광등을 제대로 만들 업체는 국내에 너희뿐이잖아."
"광신전기가 만들어 주지 않으면 형광등을 구할 수가 없어."
"만들어 주기만 하면 불량품도 좋다. 내가 불량품을 돈 주고 사겠다잖아. 그런데 왜 팔지 않는 거니?"

일부 기업들이 실험을 떠나서 다 감수할 테니까 제발 형광등을 공급해 달라고 이야기했지만 어림도 없는 소리였다.

〈현재 형광등은 실험 단계로 상용화 이전에 판매는 원칙적으로 불가능합니다.〉

돌아오는 대답은 한결같았다.
그럼에도 불구하고 너무나도 많은 문의가 계속 이어졌다.
전화가 폭주해서 업무를 보기 힘들 정도였다.
결국 차준후가 기자 회견을 자청했다.

* * *

스카이 포레스트의 넓은 기자 회견장에 수많은 기자들이 몰려들었다.

단상에 오른 차준후가 기자들 앞에서 광신전기 형광등에 대해 발표했다.

"1960년대 하반기 말까지 형광등 실험을 끝내고, 다음 해 초에 양산하는 것이 목표입니다. 현재까지 완성 계획은 이상 없이 순조롭게 진행되고 있습니다. 많은 분들께서 기대하고 있다는 걸 잘 알고 있으며, 대한민국을 위해, 한국에서 생산되는 형광등 완성 계획을 조금이라도 앞당기기 위해 최선을 다하겠습니다. 그리고 어떠한 경우에도 상용화 이전 판매가 불가능하다는 걸 알려 드립니다."

차준후가 형광등 양산 시점과 완성 계획을 알렸다.

그렇지만 말미에 올해 형광등 판매 불가를 천명했다.

돈이 된다고 해도 불량품을 판매하지 않겠다는 자신감이기도 했다.

국내 업체들 가운데 가장 앞서 있었고, 다른 업체들은 감히 따라올 수가 없었다.

"상용화를 올해로 앞당길 수는 없는 겁니까?"

"광신전기를 스카이 포레스트에 합류시켰는데, 안성일 박사님과는 제대로 협의가 순조롭게 이뤄졌나요?"

"개발 과정은 순조롭나요?"

"형광등 판매 가격은 얼마인가요? 스카이 포레스트 물건들을 하나같이 고가인데, 형광등 판매가격이 너무 궁금합니다."

기자들이 벌 떼처럼 질문을 내던졌다.

형광등 국산화에 대한민국 국민들 대부분이 관심을 가지고 있었다. 기사로 쓰기만 하면 엄청난 집중을 받을 수 있다는 소리였다.

'저번 기자 회견에 오지 않았던 기자들인가? 악을 쓰면서 질문하면 대답하지 않는다는 것조차 알아보지 않고 오다니.'

차준후가 들려오는 기자들의 질문을 가볍게 무시했다.

기자가 되기 위해서는 고시라고 보기는 어렵지만, 고시만큼 난이도가 높은 시험을 봐야만 하고, 마지막 면접에서 쟁쟁한 후보자들을 이겨 내고 합격해야만 한다.

한마디로 기자들은 똑똑한 사람들이란 거다.

그런데도 마음대로 질문을 하는 건 그만큼 사회적으로 대우받는 위치를 유념 없이 보여 주는 것이다.

아닐 수도 있다.

그러나 차준후가 그렇게 느꼈다는 사실이 중요했다.

슥!

마구 소리치는 기자들과 달리 눈치 빠른 기자들이 조용히 손을 들고 있었다.

노란 원피를 깔끔하게 차려입은 이하은 기자가 눈에 가득 들어왔다.

이왕이면 친한 기자에게 질문 우선권을 줘야겠지.

"거기 노란색 옷을 입은 기자님. 질문하세요."

차준후가 이하은을 지목했다.

"안녕하세요. 월간천하 기자 이하은입니다. 우선 먼저 형광등 개발이 순조롭게 이뤄지고 있다는 사실에 대한민국의 국민 한 사람으로서 크게 감사드립니다."

이하은이 환하게 웃으면서 의자에서 일어났다.

"국민의 기대에 저버리지 않도록 더 열심히 해야겠군요."

"지금도 많은 사람들이 대한민국 업체가 만든 형광등을 원하고 있습니다. 국산화 과정에 많은 시간이 필요한 이유가 있습니까?"

"형광등 개발과 실험에 대해 이야기하면 기자님들이 복잡하시겠죠? 결론을 말씀드리자면, 일정 수준 이상의 형광등을 만들고자 합니다. 선진국들의 형광등은 최소 3,000시간을 버티는 걸로 알려져 있죠. 광신전기 형광등도 최소한 3,000시간의 내구력을 가지게 만들 생각입니다. 그래야 돈 받고 팔 수 있는 자격을 가졌다고 할 수 있으니까요."

"외람된 질문인데, 처음부터 수준을 너무 높게 잡은 것 아닐까요?"

"수준이 높아야 수출을 할 수 있으니까요. 제가 손을

대는 물건들은 국내뿐만 아니라 해외에도 수출될 수 있도록 할 겁니다."

차준후가 포부를 당당하게 드러냈다.

왜 한국에만 사용해야 하는데?

일본이 한국에 형광등을 수출한 것처럼 한국도 할 수 있었다.

그렇기에 처음부터 깐깐하게 기준을 잡고 형광등을 출시하려는 거다.

"아! 그날이 하루라도 빨리 왔으면 좋겠습니다."

이하은이 만족스런 미소를 지으며 자리에 앉았다.

공산품들 가운데 수출이 되는 건 전무했다.

6.25 전쟁 이후 기술과 자본이 없었던 대한민국은 수출 품목이 광물 중석과 수산물 오징어 등이 고작이었다.

1952년 설립된 국영기업 대광중석이 우리나라 전체 수출액의 60%를 차지했다.

제6장.
단체 기자 회견

단체 기자 회견

 수출 품목에 공산품이 포함된다는 건 산업계 종사자들의 꿈이자, 대한민국의 바람이었다.
 차준후의 말처럼 그 꿈이 현실로 성큼 다가왔을 수도 있다.
 특종의 냄새를 맡은 기자들의 얼굴은 잔뜩 상기되어 있었다.
 '제대로 질문하면 특종을 얻을 수 있어.'
 '이번 질문은 내가 해야 한다.'
 이하은을 제외한 기자들이 저마다 손을 번쩍 들었다.
 시끄럽던 기자들의 입이 싹 닫혔다.
 단번에 조용해진 기자 회견장에서 사진기 플래시 터지는 소리만이 요란하게 울렸다.

"세 번째 줄 하늘색 옷을 입은 남자 기자분! 질문하세요."

차준후가 질문할 수 있는 권리를 남자 기자에게 줬다.

"지목해 주셔서 감사합니다. 월간미녀의 전무창 기자입니다. 많은 여성분들이 차준후 사장님의 이상형에 대해서 궁금해하고 있습니다. 어떤 여성상을 원하시는지 궁금합니다."

"……."

차준후는 어이가 없었다.

형광등 기자 회견장인데 개인 이상형에 대한 질문이라.

이런 건 따로 개인 인터뷰를 요청한 뒤에 질문하는 게 서로에 대한 예의였다.

서늘한 시선으로 무례한 기자를 바라보았다.

"대답 부탁드립니다."

대답을 꼭 듣겠다는 의지가 대단하다.

기자가 질문하면 상대는 무조건 대답을 해 줘야 한다고 생각하나 보네.

대답하기 싫다는 모습을 보였는데도 불구하고 또다시 질문하는 건 분명히 문제가 있었다.

저런 의지를 가졌으면 대우해 줘야지.

'노코멘트라고 할까?'

분명 괜찮은 대답이다.

원하는 답을 듣지 못해 질문한 기자의 얼굴이 일그러질 테니까.

하지만 차준후는 더욱 강렬하게 대응하고 싶었다.

"오늘 이 자리는 제 개인적인 질문이 아닌, 형광등과 관련된 질문만 받겠습니다. 그리고 앞으로 기자 회견장에서 월간미녀 전무창 기자님은 보지 않았으면 합니다. 이만 퇴장해 주시죠."

차준후가 손가락으로 출구를 가리켰다.

"네? 전 그저 대한민국 국민들의 알 권리를 위할 뿐입니다. 여성 독자님들이 사장님의 이상형 대답을 간절히 기다리고 있다고요."

최고의 일등 신랑감으로 떠오른 차준후였다.

전국의 수많은 미혼 여성들이 차준후와 결혼을 꿈꿨고, 많은 부모님들이 차준후를 사위로 받아들이기를 원했다.

"잘 들었습니다. 저 역시 전무창 기자님이 바로 기자 회견장에서 사라져 주길 간절히 원합니다. 직접 두 발로 나가지 않으면 경비에게 끌려 나갈 겁니다."

차준후는 대우해 줄 필요를 느끼지 못했다.

삽시간에 분위기가 험악해졌다.

전무창이 주변을 둘러보면서 동료 기자들에게 도와 달라는 무언의 눈짓을 마구 보냈다.

외부에서 기자가 공격받을 경우, 기자들은 싸우다가도 똘똘 뭉치는 경향이 강했다.
그런데 도와줄 거라고 생각한 동료 기자들이 전무창을 마구 비난했다.
천재 사업가인 차준후의 가치가 천정부지로 치솟고 있었다.
툭하면 특종 기사를 남발하는 차준후를 사랑할 수밖에 없었다.
천재의 미움을 받느니, 동료 기자 따위는 언제든지 가볍게 버릴 자세가 되어 있었다.
괜히 언행을 잘못했다가 기자 회견장에서 쫓겨나면 큰 낭패였다.
기삿거리 놓치는 건 기본이었고, 최악의 경우 언론사에서 쫓겨날 수도 있었다.
"잘못한 걸 알면 빨리 출구로 나가."
"질문을 가려가면서 해야지. 기자 망신 그만 시키고 돌아가시오."
"쯧쯧쯧! 저런 것도 기자라고……."
"월간미녀 기자들 수준이 참으로 한심하네."
기자들 사이에서 심상치 않은 여론이 형성됐다.
기자 회견장에서 계속 버티면 심각한 따돌림을 받을 수도 있었다.

동료들에게 외면받은 전무창이 버티지 못하고 기자 회견장에서 종적을 감췄다.
　기자 한 명 때문에 기자 회견장의 분위기가 가라앉았다.
　분위기를 읽은 차준후가 기자 회견을 연 가장 주된 이유를 늘어놓았다.
　"채널 간판에 들어갈 수제 형광등을 요구하는 업체들 때문에, 업무에 지장을 크게 받고 있습니다. 업체들 명단을 만들어 두라고 지시해 뒀으니, 개발을 무사히 마칠 때까지 기다려 주시기를 바랍니다."
　차준후는 여기서 선언한 것이었다.
　부족하니까 아직 판매하지 않겠다고 이야기했잖아.
　더 이상 귀찮게 하지 마.
　자꾸 질척거리면 내 뒤끝이 얼마나 긴지 제대로 보여 줄게.
　"이것으로 기자 회견을 마치겠습니다. 추가적인 질문에 대한 답변은 형광등 연구 개발의 주역인 안성일 연구소장님께서 이어서 하실 겁니다."
　차준후가 단상에서 내려섰다.
　한쪽에서 기다리고 있던 안성일이 딱딱하게 굳은 표정으로 단상에 올라서고 있었다.
　"사장님, 추가 질문이 있습니다."
　"기자 회견을 이렇게 끝내는 게 어디 있습니까?"

"형광등에 대한 질문만 할게요."

기자들이 원하는 사람은 안성일이 아닌 차준후였다.

차준후가 내뱉는 말들은 그대로 신문 일면의 특종으로 자리 잡는다.

특종을 자주 선사하는 차준후와의 만남을 더욱 길게 가지고 싶은 기자들이다.

그러나 차준후는 기자 회견을 마치고 강당에서 사라졌다.

"……."

단상에 오른 안성일이 어색한 표정을 지었다.

'최선을 다해서 도와준다고 하셨잖아요. 사장님, 이게 최선입니까?'

안성일은 울고만 싶었다.

사나운 표정의 기자들이 안성일을 뜯어먹을 것처럼 노려보고 있었다.

* * *

반응은 곧바로 나타났다.

기자 회견 이후 형광등을 요구하는 전화들이 엄청나게 줄어들었다.

"성격 더럽다고 소문났다. 더 이상 건들지 말자."

"기자 회견에서 아주 난리를 쳤다고 하더라. 건들면 물고도 남을 성격이야."

"괜히 잘못했다가는 피 볼 수 있어. 몸 사리자."

"론도그룹 회장도 저 성격을 알고서 더 이상 건드리지 않았다고 했잖아."

그 거대한 론도그룹도 무서워하지 않고 들이받아 버리는 더러운 성격은 이미 업계 사람들에게도 널리 퍼져 있었다.

그럼에도 불구하고 소식이 늦거나 눈치 없이 전화를 건 업체들이 있었다.

업체 이름이 기록된 보고서들이 사장실 책상에 차곡차곡 쌓여 나갔다.

언젠가 정성으로 보답할 날이 올 것이다.

"젠장! 문제가 생겨도 괜찮다고 하는데도 불구하고 좋은 건 자기들만 하려고 하네. 아주 나쁜 놈들이야. 형광등을 국산화했으면 함께 사용해야 하잖아. 일본에서 수입해 오면 안 될까?"

"그렇지 않아도 외화가 부족한 정부에서 허가를 내주지 않을 겁니다. 별도 제작 의뢰라 가격이 엄청나게 비쌉니다. 게다가 정부 기관에서 광신기업의 형광등 국산화를 눈여겨보고 있다는 소문이 있습니다."

형광등 국산화는 대한민국의 쾌거이자, 정책 자금을 지

원한 정부의 업적이었다.

정부의 업적을 훼손하고, 귀중한 외화를 소진해서 일본에서 형광등을 들여온다고?

정부에게 찍혀서 갖은 고생을 다 해야만 한다.

최악의 경우 기업이 공중 분해당할 수도 있었다.

"끄응! 할 수 없지. 그냥 평평한 간판에 일제 형광등이라도 집어넣어. 그러면 밤에 빛나기는 하잖아."

"알겠습니다."

대한민국에서 잘나간다고 알려진 기업들이 일제히 간판을 바꿔 달았다.

곳곳에서 간판 교체하는 작업이 잇따랐다.

내부에 형광등을 넣어서 만든 간판이 유행하기 시작했다.

원래 간판을 고수하는 업체들은 때아닌 악성 소문들에 휩쓸렸다.

"저기는 밤에 간판이 빛나지 않네. 유행에 뒤처졌어."

"내버려 둬. 저 기업은 장사가 신통치 않다고 했어. 조만간 문 닫을 수도 있다는 소문이 있더라고."

"아! 그렇구나. 망할 회사구나."

간판을 교체하지 않고 버티려는 기업들에 대한 유언비어가 사람들 사이에서 돌았다.

유행에 휩쓸리지 않고 꿋꿋하게 버티려던 기업들도 결국 두 손을 들고 말았다.

"간판 바꿔! 스카이 포레스트처럼 밤에도 반짝반짝 빛나게 만들라고."

실제 적자를 보고 있는 기업들까지 잘 나가는 걸로 보이기 위해 큰마음 먹고 거액을 들여서 소위 간판 갈이를 감행하였다.

기업들이 너도나도 형광등 간판을 달아 버리자, 상인들도 뒤따랐다.

"지금 형광등 간판 주문하시면 한 달 뒤에나 가능합니다."

"네? 너무 늦어요. 빨리 해 주세요."

"저희도 빨리 해 드리고 싶은데 간판 주문량이 폭주하고 있어서요. 정말 죄송합니다. 죄송한 말씀이기는 한데, 오늘 예약하지 않고 가시면 더욱 뒤로 밀리게 될 겁니다. 다른 간판 제작 업체들도 사정이 비슷하거든요."

"주문하고 갈게요. 조금이라도 빨리 해 주시면 고맙겠어요."

간판 업계가 넘쳐 나는 작업 물량으로 행복한 비명을 내질렀다.

스카이 포레스트의 채널 간판이 일종의 유행을 만들어 버렸다.

가장 멋지고 아름다우면서 환상적인 간판으로 인정받는 건 스카이 포레스트였다.

오늘도 용산과 종로의 밤거리를 환하게 밝히고 있었다.

* * *

"응? 거리가 환해졌네."

차준후가 저녁을 먹기 위해 돌아다니다가 거리의 분위기에 놀랐다.

밤만 되면 어두워지던 거리가 어느새 무척 밝아졌다.

거리를 다닐 때 밝은 분위기는 안정감을 느낄 수 있게 해 줬다.

간판들이 눈에 확 들어와서 어디를 방문하면 되는지 잘 알려 줬다.

"좋네."

채널 간판 하나가 불러온 거리의 변화를 즐겼다.

왜 이런 변화가 생겼는지 눈치는 채고 있었다.

그가 던진 변화의 씨앗이 기존의 역사 속에서 꽃피운 것이다.

이로 인해 역사라는 열매가 어떻게 변할지 몰랐지만, 싫지 않았다.

나무와 천으로 된 간판이 아니라 반짝거려서 멀리서도 방문해야 할 상점을 찾기 쉬웠다.

간판의 중요성이 부각되어 다양한 볼거리들을 선사해 줬다.

밋밋하고 황량했던 길거리가 보기 좋았다.
"오늘 저녁은 보리굴비로 하자."
반짝거리는 간판이 차준후의 눈에 확 들어왔다.
〈보리굴비 명가 천년한정담〉
 직원들에게 추천받은 맛집의 간판이 유행에 맞춰서 밤에 빛을 발하고 있었다.

* * *

"여기가 준후가 새롭게 만든다는 직영점이구나."
 늦은 밤, 서은영이 종로 직영점의 앞에 서 있었다.
 신화백화점에서 늦게까지 일을 하다가 이제야 퇴근하는 길이었다.
 SF-NO.1의 납품이 무산되면서, 언제라도 스카이 포레스트와의 인연이 끊어질 수 있다는 걸 깨달았다.
 큰 충격에 휩싸였던 그녀는 스스로의 힘으로 자신과 신화백화점을 지켜야 한다는 걸 알게 됐고, 역량을 키우기 위해 온갖 노력을 기울였다.
 자연스럽게 퇴근 시간이 늦어졌다.
 최근에는 어떻게 하면 SF-NO.1을 납품받을 수 있을지, 명문대학교를 나온 직원들을 집중시켰다.
 그 결과, 해외 백화점과 제휴를 맺어, 노하우를 이전받아서 신화백화점의 품격을 높여야 한다는 결론을 이끌어 낼 수 있었다.

"성장하기 위해서는 멈추지 않고 계속 앞으로 나아가야만 해. 우리 신화백화점은 열정 어린 노력과 도전이 심각하게 부족하지. 그런데 그걸 수뇌부가 외면하고 있으니, 준후가 납품을 거절하는 게 당연할 수도 있어."

신화백화점의 실권을 가지고 있는 그녀의 아빠와 후계자인 큰오빠는 위기의식이나 절박함을 가지고 있지 않았다.

그녀가 보고한 신화백화점 개선책은 반려당하고 말았다.

여러 개선책들이 있었는데, 가장 중요한 점은 지속적으로 대대적인 투자가 필요하다는 점이었다.

개선책 보고 전까지만 해도 우호적인 서해준도 엄청난 금액에 난색을 표했다.

후계자를 비롯한 백화점 수뇌부들의 반대 목소리도 커졌다.

'막대한 투자를 해서 신화백화점을 바꾼다고 해도 납품 받는다는 보장이 없다.'

'투자했다가 실패하면 그야말로 엄청난 위기에 직면하게 된다. 신화백화점 자체가 송두리째 무너질 수 있다.'

'아직 스카이 포레스트와 인연이 끊어진 것은 아니니

기다려 보자.'

'스카이 포레스트는 신화백화점에 대한 존중이 부족하다. 그쪽에서 우리에게 함께 상생할 수 있는 길을 제공해야 한다.'

심지어 수뇌부의 일부는 차준후의 호의를 권리처럼 착각하며, 헛소리를 내뱉기까지 했다.

* * *

'일시적으로 위기에 처할 수는 있어도 성장하는 데 꼭 필요한 과정입니다. 오히려 아무것도 하지 않으면 정체될 뿐입니다.'

서은영이 필사적으로 백화점을 개선하려고 노력했다.

수뇌부들은 위기를 위기라고 인식하지 않았으며, 반대 목소리는 사그라지지 않고 더욱 격렬해져 갔다.

결국 신화백화점 개선은 물거품이 되어 버렸다.

"준후처럼 하늘 높이 비상하고 싶은데…… 힘이 없네."

그녀가 처연한 표정을 지었다.

자신과 달리 차준후는 원하는 일을 착착 단계적으로 진행해 나갔다.

얼마 전에는 광신전기를 인수하더니, 형광등 국산화를 눈앞에 두고 있었다.

놀라운 일이었다.

한 가지만 해도 대단한데 종로에 직영점 개업까지 동시에 준비했다.

그저 감탄할 따름이었다.

직영점 내부는 스카이 포레스트 로고가 들어간 하늘색 천막으로 가려져 있어서 보이지 않았다.

소문이 무성한 아름다운 채널 간판을 목격한 그녀의 눈동자가 흔들렸다.

그녀 내부에 있는 신화백화점에 대한 자부심이 팍팍 깎여 나갔다.

스카이 포레스트의 아름다운 채널 간판은 대한민국이라는 한계를 뛰어넘었다.

외국의 잡지에서나 보던 것들과 견주어도 손색이 없을 정도였다.

"국내 기업들과는 격이 다르다는 걸 보여 주는 거네."

차준후가 말했던 장벽이란 게 무엇인지를 어렴풋이 알아차렸다.

신화백화점도 격을 떨어뜨린다는 이유로 저품질의 물건을 받지 않았다.

스카이 포레스트에서도 마찬가지였다.

혁신적인 화장품의 격에 어울리지 않으면 납품을 거부하는 게 충분히 가능하다.

"칫!"

그녀가 입술을 깨물었다.

정점에 올라서 오연하게 서 있는 차준후와 달리 그녀는 밑에서 아등바등하고 있었다.

그러고 있을 때마다 차이는 계속해서 늘어나, 어느새 크게 벌어져 버렸다.

"분해. 너무나도……."

재능이 없고 나약한 자신의 처지가 서글펐다.

대충 눈치는 채고 있었다.

거래하는 와중에도 계속 성장하라는 신호를 줬으니까.

그건 결국 혁신적인 화장품을 받으려면 자신을 납득시키라는 주문이었다.

"노력하고 있는 줄 알았어."

열심히 한다고 생각했지만 돌이켜 보면 신화백화점 사장의 딸이라는 위치에 너무 안주했다.

솔직히 이렇게까지 내팽개쳐질 줄은 몰랐다.

눈자위가 붉어졌다.

금방이라도 커다란 눈동자에서 눈물이 흘러내릴 것만 같았다.

이대로 영영 천재인 차준후를 따라잡지 못할 거란 생각에 휩쓸렸다.

몸에서 힘이 빠져나갔다.

그때였다.
저벅! 저벅!
구둣발 소리가 점점 가까워져 왔다.
"누가 예쁜 우리 딸을 괴롭히는 거야?"
따뜻한 목소리가 그녀의 귓가에 울렸다.
그녀가 고개를 돌려 목소리의 주인을 쳐다보았다.
신화백화점의 주인이자 서은영의 아버지 서해준이 나타났다.
"……그런 거 아니야."
그녀의 목소리가 약간 떨렸다.
눈썹이 촉촉하게 젖어 있었다.
서해준이 딸의 서글픈 마음을 애써 모른 척했다.
"여기가 버르장머리 없는 녀석이 직접 연다는 직영점이구나."
약간의 노기가 섞여 있었다.
백화점 납품 문제는 제외하더라도 어른이 식사를 함께 하자고 제안했잖은가.
"요즘 바빠서 얼굴 보는 것도 힘들어."
서은영이 차준후를 두둔해 줬다.
그것이 서해준의 심기를 더욱 불편하게 만들었다.
"먼 곳에 사는 것도 아니다. 엎어지면 코 닿을 정도로 바로 옆에 사는 이웃이야. 그런데도 불구하고 차준후란 놈은 코빼기 하나 비치지 않는다. 듣자 하니 오후 6시만 되면 퇴근해서 여유롭게 저녁 식사를 하면서 돌아다닌다고 하던가?"

남들에게는 그저 시간이 남아도는 것처럼 보일 뿐이었다.

"일과를 마치고 여유를 즐기는 게 뭐가 나빠. 그리고 아빠도 딱히 안 바쁘면서."

서은영이 서해준의 가슴에 비수를 팍팍 꽂아 버렸다.

틀린 말도 아니다.

신화백화점의 사장 서해준은 열심히 일하지만 약간 한량 비슷한 기질이 있었으니까.

"녀석의 대변인으로 나서도 되겠구나."

서해준이 툴툴거렸다.

"사실인 걸 어떻게 해?"

그 모습에 서해준이 길게 한숨을 내쉬었다.

그도 차준후가 잘난 천재라는 걸 알았다.

그렇지만 그 때문에 딸아이가 아파하는 모습을 지켜보는 건 싫었다.

"직영점이 엉망이었으면 한껏 비웃어 주려고 했는데, 그럴 수는 없겠다. 한눈에 봐도 멋있다는 말로도 부족해 보이니까."

서해준이 직영점에 걸린 간판을 보고 감탄했다.

"준후가 납품을 거부한 이유가 있었어."
"그렇구나."
서해준이 인정했다.
이유 없이 납품을 거부한 것이 아니다.
납품 기준을 충족시키지 못한 신화백화점의 문제였다.
"안타깝고 슬퍼도 자신을 채찍질하지 마라. 납품 기준 문제는 전적으로 수장인 내 책임이니까. 그러니까 채찍질하고 싶으면 아빠에게 해."
딸아이의 아픔을 어루만져 주려고 했으나, 서은영은 속내를 숨기지 않았다.
"아빠 책임이 큰 건 맞는데, 나도 노력하지 않았어. 내가 열심히 했으면 준후에게 납품 퇴짜를 맞지는 않았을 테니까."
"……."
서해준이 잠시 입을 다물었다.
아니라고 할 줄 알았는데, 책임이 크게 있다고 하네.
딸 예쁘게 키워 봤자 다 소용없다고 하더니.
옛말이 틀리지 않았다.
"끄응! 그럼 둘 다 잘못한 걸로 하자."
그는 기분이 크게 상했지만 서은영의 비위를 맞추려고 노력했다.
사업적 재능은 많이 부족했지만 자상한 아빠였다.

"녀석의 기준을 충족시켜야 한다고?"

"응! 그런데 이게 소문이 나서 다른 백화점에서도 기준을 맞추겠다고 지금 난리야."

스카이 포레스트의 신제품 SF-NO.1의 중요성은 아무리 강조해도 지나치지 않다.

아직 출시하지도 않았는데, 대한민국이 들썩이고 있기 때문이었다.

권력자에게 바칠 뇌물 가운데 가장 효과적이라는 말까지 있을 정도였다.

시중에 차준후가 선물로 뿌린 SF-NO.1의 가치가 천정부지로 솟구쳤다.

SF-NO.1을 납품받느냐에 따라 백화점의 서열이 뒤바뀔 수도 있었다.

"한 번 제대로 해 봐라. 전폭적으로 지원해 줄 테니까."

서해준이 본격적으로 서은영에게 힘을 실어 주겠다고 천명했다.

셋째 딸인 서은영을 백화점에서 일하도록 시켰지만 크게 기대하지 않았다.

좋은 곳으로 시집을 가서 행복하게 살기를 바랐다.

그런데 화장품 하나 납품받지 못했다고 세상 다 산 것 같은 표정을 짓고 있었다.

자신은 서은영과 같은 쓰라린 경험을 하지 않았다.

술에 술 탄 듯, 물에 물 탄 듯!

그저 욕심내지 않고 편안하게 신화백화점 사장으로 지내 왔다.

"아빠!"

"무시당하지 말고 준후 녀석에게 보여 줘. 누구 딸인지를 말이야."

"고마워. 제대로 해 볼게."

서해준에게 있어서 이번 결정은 쉽지 않았다.

막내를 밀어준다는 이유로 후계자가 굳혀진 신화백화점과 화목한 가정에 파문이 일어날 수도 있었다.

'격렬하게 반대하던 장남이 길길이 날뛸 수도 있겠네. 그래도 귀여운 막내가 시집갈 때까지 밀어준다고 생각하자.'

서해준에게 막내딸은 눈에 넣어도 아프지 않은 존재였다.

동시에 아픈 손가락이기도 했다.

적정 결혼 연령을 훌쩍 넘을 때까지 결혼하지 못하고 있는 막내딸은 한 번 약혼을 했다가 파혼한 경력이 있었다.

약혼자가 미국에서 여자들과 마약을 하다가 경찰에 걸린 것이었다.

당시 부유층 자제들의 일탈로 신문에 보도될 정도로 큰

사회적 문제로 대두됐다.

결국 서은영은 파혼을 했고, 그 경력이 꼬리표처럼 따라붙어, 부유층들과의 결혼으로 이어지지 못했다.

약혼자 가문과의 결혼을 강력하게 추진했던 당사자가 바로 서해준이었다.

집안의 가장이 시키는 대로 약혼을 했다가 졸지에 된서리를 맞은 서은영이었다.

울상이었던 그녀의 얼굴이 싱그러운 꽃처럼 다시금 피어났다.

'역시 금전 치료가 최고다.'

서해준이 딸아이를 웃게 만들기 위해서 돈 쓰기를 주저하지 않았다.

"사업을 진행하기 위해 자주 만나는 건 괜찮은데 버르장머리 없는 녀석과 혹시라도 이상한 일 벌이면 안 된다. 알았지?"

노파심에 한마디를 했다.

예쁜 딸아이에게 육체 건강한 차준후가 흑심을 품을 수도 있었으니까.

아직까지 어른을 공경하지 않는 나쁜 놈에게 시집보낼 준비가 되어 있지 않았다.

서은영의 얼굴이 붉어졌다.

그러나 잔뜩 긴장하고 있던 몸이 축 늘어졌다.

"그런 걱정은 안 해도 돼. 준후가 내게 아무런 관심을 가지고 있지 않으니까."

힘 빠진 목소리가 흘러나왔다.

금융 치료로 웃었던 서은영의 얼굴이 다시금 침울해졌다.

"뭐라고?"

서해준의 목소리가 높아졌다.

"일부러 차가운 태도를 유지하는 것 아닐까? 좋아하는 여자들 앞에서 일부러 툴툴거리는 남자들이 많다."

"준후는 그런 성격이 아니야. 내가 잘 알아."

서은영이 미운털이 박힌 차준후와 달콤한 연애를 하는 것이 싫었다.

그런데 차준후가 서은영에게 흑심조차 품지 않고 있다는 사실은 더욱 불쾌했다.

아무리 네가 천재라도 감히 우리 예쁜 딸을 거부해?

"어렸을 때부터 너무 편하게 지내 와서 그럴 수도 있어. 그러니까 너무 의기소침해하지 말고 천천히 생각해 보자. 제까짓 게 뭐라고 우리 딸을 무시하는 거야. 밖에 나가면 언제나 남자들의 시선을 독차지하는 우리 딸이라고."

"아빠, 집에 가서 이야기해."

부끄러운 서은영이 팔불출인 아빠의 팔을 잡아끌었다.

늦은 밤이기는 하지만 유명해진 스카이 포레스트 직영점 근처는 아직도 많은 사람들로 북적거렸다.

"당장 버르장머리 없는 녀석을 불러다 들여서 한마디 해야겠다."

"알았으니까 길거리에서 그만 떠들고 가자."

서은영이 서해준을 끌어다가 한쪽에 정차하고 있던 차 안에 집어넣었다.

집으로 돌아가는 차량 안에서도 서해준이 차준후에 대해서 잔뜩 툴툴거렸다.

"대체 연애를 하라는 거야? 말라는 거야?"

서은영이 쌀쌀맞게 쏘아붙였다.

"녀석과 연애를 하면 기분이 언짢을 것 같은데, 아무 진전이 없으면 더 나빠질 것 같다."

"그냥 조용히 지켜보고 있어. 괜히 난리 치면서 초나 치지 말고. 자연스런 만남이 연애가 되면 좋고, 그렇지 않으면 사업적으로만 만날 테니까."

그녀가 잘난 천재 차준후에게 호감을 가지고 있는 건 사실이다.

간질간질한 여인의 마음이다.

'남자의 사랑만 구걸하지 않아. 사회적으로 성공해서 준후와 동등한 위치에 서고 싶어.'

그동안 자신의 내면에 깃들어 있던 마음을 미처 알지 못했지만 차준후를 만나면서 각성했다.

진심으로 원하는 게 있다는 사실을 말이다.

'시집갈 날만 기다리는 건 이제 사양이야. 난 사업가로서 성공할 거다.'

여성으로 성공해서 인정받으며 도도하게 잘 나가고 싶은 마음이 더욱 컸다.

결혼해서 평범한 한 명의 전업주부로 남았을 여인의 역사가 엇갈리고 있었다.

스카이 포레스트의 사업이 착착 진행되는 와중에 변화의 소용돌이에 휩쓸린 사람들이 늘어났다.

"알았다."

서해준은 딸의 속내를 이해할 수 있었다.

이렇게 사업적 욕심을 낸다는 걸 미처 몰랐다니, 자상한 아빠로서 실격인지도 몰랐다.

잘못을 깨달았으니 이제라도 제대로 딸을 지원해 주고 싶었다.

제7장.
이호영

이호영

  광신전기를 정부 주무부처인 상공부에서 적극적으로 지원해 주기로 약속했다.
  해외에서 들여온 실험장비와 첨단시설들이 공장에 설치됐고, 생산 라인 확충과 함께 정비를 새롭게 해 나갔다.
  정부와 광신전기, 스카이 포레스트가 힘을 모아서 형광등 국산화에 박차를 가했다.
  다양한 이유로 차준후를 찾는 사람들이 더 많아졌다.
  오늘도 성삼그룹의 젊은 사업가로 이름을 높여 가는 한 사람이 약속을 잡고 찾아왔다.
  "처음 뵙네요. 성삼전기 이호영 전무입니다."
  차준후 또래의 젊은이가 정중하게 인사하며 스카이 포

레스트 사장실로 들어섰다.

말끔한 차림으로, 성삼전기 회장의 조카였다.

직계가 아닌 탓에 그룹 내부에 조직도 배후 세력도 없는 인물이었으나, 일본 유학까지 다녀왔을 정도로 명석한 두뇌를 자랑했다.

새롭게 창업한 성삼전기의 실세인 동시에 성삼그룹 회장이 앞으로의 활약을 기대하고 있는 인물이기도 하다.

"차준후입니다. 스카이 포레스트 사장이지요."

차준후가 약속을 잡고 찾아온 이호영을 반갑게 맞았다.

"사업이 아주 잘되고 있다고 들었습니다. 축하합니다."

"하다 보니 잘되더군요."

차준후가 자신의 공을 강조했다.

주변 사람들의 도움도 있기는 했지만, 가장 주된 공로는 차준후의 몫이었다.

애당초 차준후의 머릿속에 들어 있는 지식이 아니었으면 스카이 포레스트의 눈부신 성공은 불가능했으니까.

"제가 정부의 정책과 시장 상황을 살펴보니, 조명 산업이 유망하다는 사실을 알게 됐습니다."

"옳게 봤습니다. 선진국들을 보면 알겠지만 조명 산업 발전은 자연스러운 겁니다. 어두운 밤을 빛으로 밝히게 되면 고효율로 더욱 많은 생산을 해낼 수 있습니다."

밤에도 일을 할 수 있는 체제가 만들어진다.

아직 국가 경제가 발전되지 않아서 구매력이 낮았고, 수입 제품과 경쟁 때문에 판매 이윤에는 한계가 존재하며, 막대한 비용의 시설 투자로 인해 사업 초창기에는 손해를 볼 수도 있다.

위험성이 많지만 충분히 도전할 가치가 충분하다.

그 진실을 이번에 광신전기가 제대로 보여 줬다.

채널 간판을 통해 사업 초창기에도 충분한 이득을 얻을 수 있다는 것까지 알렸다.

"저는 처음부터 조명 산업에 뛰어들 준비를 해 왔습니다. 일본 조명 업체와도 기술 협력을 가지기로 이미 구두계약을 맺은 상태입니다. 사장님께 성삼전기와 광신전기의 합작 사업을 제안합니다."

이호영은 협상이 매우 순조롭게 진행될 거라 예상했다.

형광등 국산화로 고생하고 있는 광신전기였기에.

선진기술을 가지고 있는 일본 조명 업체와 기술 협력을 하면 곧바로 형광등 개발을 완료할 수 있다.

시간과 자금 등 모든 걸 절약할 수 있게 된다.

성삼전기와 광신전기의 목표가 일치한다고 생각했다.

"끌리는 제안이 아니네요. 받아들이지 않겠습니다."

그러나 차준후는 생각할 필요도 없다는 듯 곧바로 거부했다.

"부족한 게 있나요? 말해 주시면 나은 방향으로 개선하겠습니다."

"기술 협력이라면 결국 일본 조명 업체 밑으로 들어가는 것과 똑같잖아요. 저는 그런 굴욕적인 기술 협력을 받아들일 수 없습니다."

"너무 편파적인 생각입니다. 아직은 부족한 점이 많기에 외국의 선진 기술을 받아들여 한 단계 높이 성장한다는 사실에 초점을 맞춰야 한다고 봅니다. 굴욕적인 기술 협력은 나중에 힘을 길러 갚아 주면 됩니다."

기존의 부족한 점을 과감히 인정하고 선진 방식을 도입하여 현대화를 가속화한다는 게 주된 요지였다.

일반적인 경우라면, 이호영의 말에 일리가 있었다.

"말이 좋아 기술 협력이겠죠. 기술 협력을 통한 형광등 개발은 국내 조명시장을 일본 업체에게 완전히 개방한다는 뜻입니다. 그리고 그 결과물인 형광등을 외국에 수출할 수 없게 될 가능성이 높습니다."

차준후는 한국 업체의 기술 협력 불상사들을 기억하고 있었다.

한국 요구르트는 순수 독자 개발이 아닌 일본 업체와 협력하여 개발한 제품이다. 그 결과 일본 업체의 승낙을 받지 못하면 해외에 수출할 수 없는 신세다.

한국 문화가 해외에서 유명해지고, 해외 곳곳에서 한국

요구르트를 수입하길 희망했다.

그러나 한국 요구르트는 일본 업체의 반대로 인해 해외에 단 한 곳도 수출되지 못했다.

한국 믹스커피 시장을 주름잡고 있는 부동의 1위 업체인 서동식품의 막심도 기술 협력을 받았던 미국 업체로 인해 해외 수출이 막혀 버렸다.

"기술 협력은 양날의 검입니다. 당장에는 좋아 보일지 몰라도 나중에 자신을 베는 날카로운 무기로 작용하게 됩니다. 해외의 어느 기업도 순수하게 국내 기업을 도와주지 않는다는 걸 명심하세요."

말이 좋아 기술 협력이지, 기술 종속이나 마찬가지다.

관련 기술이 종속되면 빠르게 발전하는 기술 경쟁에서 해외의 선진기업을 따라잡기 힘들어질 뿐이었다.

어렵고 힘들더라도 한국만의 기술을 발전시켜야 한다.

"……저도 모르는 건 아닙니다. 다만 어렵고 힘든 시기에 현실을 직시하고 피해가 있더라도 도전할 필요가 있다고 생각하는 거죠."

두 사람의 의견이 정면으로 부딪쳤다.

어느 누가 옳다고 단정을 지을 수 있는 이야기가 아니었다.

"조명 공장을 현대화시키기 위한 기술과 인재가 절대적으로 부족합니다. 일본 조명 업체는 광신전기의 부족한 것을 모두 제공할 수 있어, 양측은 모두 이득을 취할 수 있는 구조입니다. 해외 수출과 같이 불리한 조항들은 계약서에서 최대한 제거한다고 약속드리겠습니다."

이호영이 설득에 공을 들였다.

"음! 지금 이야기에는 공감이 가지 않네요. 절대적 부족이라고요? 제가 있다는 사실만으로 그 부족한 걸 모두 채울 수 있습니다. 일본 업체와의 기술 협력은 없습니다."

차준후는 그런 것 없이도 스스로 기회를 움켜잡을 수 있었다.

기술과 인재는 공을 들여서 키우면 된다.

지금 문제가 되는 건 기술과 인재가 아니라 현대화된 시설 장비들이었다.

현대화된 선진국 수준의 기계설비는 차준후라고 해도 만들 방법이 없었다.

어떻게든 수입을 해 와야만 한다.

"음!"

광신전기는 손해를 보지 않으면서 많은 이득을 얻을 수 있기에 이번 기술 협력을 적극적으로 추진했다.

충분히 차준후를 논리적으로 설득할 수 있다고 자신했다.

그렇지만 그 방법이 완강한 반대에 직면했다.

'첫 번째 방법이 통하지 않았기에 어쩔 수 없이 강압적

인 수단을 선택해야겠네.'

무리를 해서라도 계약을 진행하기로 작정했다.

"아셔야만 할 이야기가 있습니다."

"무슨 이야기인지 궁금하네요."

차준후가 관심을 드러냈다.

"광신전기는 전부터 제가 눈여겨보고 있던 기업입니다."

이호영이 도발적으로 말했다.

형광등 개발이 지지부진했지만, 광신전기는 잠재력이 많은 기업이었다.

국산화에만 성공한다면 눈부신 성장이 가능했다.

이호영은 그 성장을 자신의 손으로 이끌 자신이 있었다.

"눈여겨볼 가치가 충분한 회사죠."

차준후가 인정했다.

"은행 대출금까지 막아 가면서 제가 공들여 작업해 놓은 광신전기입니다. 그런 광신전기를, 일본에 다녀온 동안에 사장님께서 꿀꺽 집어삼켰더군요."

폭탄 발언을 내뱉었다.

광신전기의 주거래 은행에서는 추가 대출에 대해 심각한 의견 충돌이 있었다.

그런 상황에서 이호영이 압력을 가했다.

결국 주거래 은행에서 광신전기에 대한 대출금이 없던 일로 되어 버렸다.

그는 이걸 빌미로 광신전기가 형광등 개발에 실패할 수도 있다는 유언비어까지 퍼트렸다.

그 결과, 투자금을 회수하겠다는 투자자들이 이어졌고.

자금이 막혀 버리면서 연구 개발은 더욱 지지부진해지는 악순환으로 이어졌다.

월급을 받지 못한 직원들의 이탈까지 일어났다.

광신전기의 능력 있는 직원들이 성삼전기로 이직해 형광등 개발에 매달렸다.

흔들리고 있는 광신전기가 무너지는 건 시간문제였다.

대한민국 대기업에는 이호영과 같은 사람들이 많았다.

대기업이 전망이 밝은 중소기업을 꿀꺽 삼키려고 갖은 비열한 수작질을 벌인다.

피해를 당한 업체에서 당국에 신고해도 묵살당하거나 반대로 불이익을 받는 등 대기업 위주의 먹이사슬 구조가 만들어져 있다.

대기업의 비열한 행태를 고발해도, 돌아오는 건 차가운 침묵이나 비난뿐인 경우가 많다.

극한상황에 내몰린 중소기업은 결국 무너지거나 대기업에 흡수당한다.

광신전기도 차준후의 손길이 없었다면 그대로 성삼그

룹에 흡수 합병됐으리라!

"그랬었군요. 몰랐습니다."

차준후의 목소리가 가라앉았다.

평화롭게 잘살고 있는데 갑작스럽게 뒤통수를 얻어맞는 기분이었다.

방금 전까지는 이야기가 통하는 대화 상대라고 생각했는데, 엄청난 착각이다.

"몰랐다고 하니 좋게 이야기하겠습니다."

이호영이 마치 기회라도 주는 것처럼 말했다.

"경청할 테니, 말해 보시죠."

"얼마에 인수했는지 모르겠는데, 광신전기를 제가 두 배 금액을 내고서 인수하죠. 투자했던 금액을 불러 보세요."

"아직 인수하지 않았습니다. 인수 금액을 아직까지 계산하고 있거든요."

"아! 그래요. 원래 기업을 인수 합병하려면 빠르게 움직여야 하는 법입니다. 인수하지 않았다고 하니까 제가 직접 움직여서 광신전기 인수를 마무리하죠. 물론 양보해 주신 답례로 적지 않은 금액을 드릴 겁니다."

이호영이 환하게 웃으며 말했다.

말이 잘 통해서 불쾌했던 기분이 눈 녹듯이 사라졌다.

"누가 양보한다던가요?"

차준후가 물었다.

이호영의 얼굴이 휴지 조각처럼 구겨졌다.

좋게 이야기하려고 찾아왔는데 애송이가 겁 없이 날뛰려 하고 있었다.

"지금 우리 그룹과 협업하고 있는 일도 있고, 성삼그룹에 밉보이면 좋지 않을 텐데요."

"밉보이면 큰일이 납니까?"

차준후는 정말로 궁금했다.

지금 성삼그룹을 믿고서 날뛰는 거야?

성삼 그룹의 위세를 이야기하면 벌벌 떨면서 무릎을 꿇을 거라 착각한 모양이다.

"성삼그룹이 손 떼면 냉장 시스템 건설에 어려움을 겪을 수도 있습니다."

"아! 그렇군요. 알겠습니다."

"좋게 해결합시다."

"그럼요. 그 의견에 전적으로 동의합니다."

"역시 머리가 명쾌하게 돌아가는 분입니다."

"성삼그룹과의 협업을 파기해야겠네요."

"네?"

"성삼그룹의 도움 따위는 필요 없다는 소리입니다."

스카이 포레스트에서 직접 챙길 수도 있었지만, 전기, 전자, 철강 등 기존 역사의 기업들이 진입할 수 있게 일부러 참여하지 않았다.

호의를 베풀었다.

그런데 그런 호의를 어려움으로 생각한다고?

참으로 어이가 없었다.

게다가 냉장 시스템에 대해 관심을 가지고 있는 국내기업들은 많았다.

지엘건설이 냉장 시스템 건설에 참여하지 못한 사실을 크게 안타까워했다.

"정말 끝까지 가 볼 생각입니까?"

이호영의 목소리가 높아졌다.

성삼그룹을 내세우면 양보를 얻어 낼 수 있다고 판단하였다.

그런데 엄청난 오판이었다.

"저번에 론도그룹과는 중간에서 흐지부지 끝나서 아쉬웠는데, 이번에는 끝까지 가 봅시다."

차준후는 양보하고 싶은 마음이 눈곱만치도 없었다.

* * *

내 걸 다시금 빼앗기고 싶지 않았다.

욕심내서 뜯어먹겠다고 달려드는 탐욕 어린 인간을 가만히 놔둘 마음은 더욱 없었고.

"터무니없는 짓을 저지르는 겁니다. 성삼그룹과 부딪치면 왜소한 스카이 포레스트가 엄청난 피해를 입을 게 자명하지 않겠어요?"

윽박지르면서 걱정해 주는 것이 너무 우스웠다.

"크게 부담이 될 것 같지는 않지만 피해를 감수하겠다니까요. 성삼그룹과 함께하면서 얻는 대단한 이로움을 과감히 포기한다는 겁니다."

약해 보이면 잡아먹힌다.

약육강식!

누구보다 그 사실을 뼈저리게 느꼈기에 성삼그룹이고 뭐고 반발했다.

이번 선택으로 인해 많은 피해를 입는다고 해도 기꺼이 감수할 수 있다.

한 번 죽어 봐서 독심이 생긴 남자라면 누구나 이러지 않을까 싶다.

"이러면 미래를 포기하는 겁니다. 광신전기를 품고자 성삼그룹의 눈 밖에 나면, 손해가 막심하다는 걸 왜 모르는 겁니까?"

이호영인 진심으로 답답했다.

"손해? 그 손해액이 얼마입니까?"

"요즘 잘나간다고 보이는 것이 없나 보군요. 스카이 포레스트가 통째로 날아갈 수도 있다는 걸 명심해야 합니다."

이제는 아예 협박을 일삼았다.

공권력과 긴밀한 협력 관계의 성삼그룹이다.

매년 정부 부처와 권력자들에게 뿌리는 돈만 하더라도 일반인들의 상상을 초월할 정도였다.

말 안 듣는 기업 하나 괴롭히는 건 손바닥 뒤집기처럼 쉬울 수도 있었다.

은행을 압박해서 대출금을 회수하거나, 세무 조사 혹은 업무와 관련된 모든 분야에서 조사를 받게 만들 수도 있었다.

성삼그룹의 힘은 막강했고, 회장의 분노를 받고 멀쩡했던 사람은 한 명도 없었으니까.

이런 위험을 모르는 차준후가 터무니없는 생각을 한다고 생각했다.

"음! 날아가면 마음이 쓰라릴 것 같기는 하지만 괜찮습니다. 내가 건재하면 스카이 포레스트는 언제든지 재건할 수 있어요."

차준후가 대수롭지 않게 받아들였다.

스카이 포레스트가 소중한 건 맞다.

그렇지만 강압적인 협박에 무릎을 꿇을 정도의 가치가 있는 건 아니다.

더욱 가치가 나가는 건 바로 차준후의 머릿속에 들어 있는 지식들이었다.

1960년대에서 가치를 헤아릴 수 없는 지식들이 넘쳐 났다.

한 푼 없는 알거지가 된다고 해도 괜찮았다.

'테이프와 흑연만 있으면 노벨상을 받을 수 있고, 프랑스 가전업체 테펄을 찾아가서 손잡이 특허를 알려 줘서 기술료를 챙기는 게 가능하고, 미국에 가서 화약 관련 특허만 알려 줘도 크게 대우받을 수 있다. 세상 어디를 가도 떵떵거리면서 살 수 있어. 내가 성삼그룹의 눈치를 살피며 살아갈 이유가 단 하나도 없다고.'

미래의 지식 하나를 세상 밖으로 끄집어내는 것만으로 거액을 벌 수 있다.

차준후에게는 보석처럼 빛나는 지식들을 많이 가지고 있었다.

회사나 돈을 가지고 협박하는 건 차준후에게 절대 통하지 않는다.

"고집 불통한 사람이군요. 말이 통하지 않아."

이호영이 소리쳤다.

어떻게 상황이 이렇게까지 극단적으로 치달리는 거지?

성삼그룹을 내세우면 모든 사람들이 고개를 조아렸다.

그런데 성삼그룹을 꺼냈는데도 불구하고 차준후가 거세게 반발하고 있었다.

계속 떠들어 봐야 소용이 없다.

들을 상대가 아니었으니까.

천재라고는 들었지만, 이런 독불장군 성격을 가지고 있는지 미처 몰랐다.

괜히 건드렸다는 생각에 미칠 것만 같았다.

불안하고 초조했다.

"서로 좋게 지내는 것이 이득이라고 생각되지 않습니까?"

결국 이호영이 봉합을 시도했다.

"뜯어먹으려고 달려드는 사람과는 좋게 지내지 않는 성격입니다. 예전에는 아니었는데, 요즘은 싸워서 쓰러뜨려야 직성이 풀립니다."

꼬리를 말려고 하는 이호영을 바라보는 차준후의 눈빛이 더욱 서늘해졌다.

1960년대에 자신이 가진 위치와 가치를 알게 된 차준후는 협박 앞에서 절대 물러서지 않는다.

"……제 상황을 이해해 주셔야지요. 광신전기를 다 작업해 놓았는데, 엄한 사람이 꿀꺽 삼켰으니 화가 나는 게 당연하지 않나요?"

"충분히 이해합니다."

그래. 충분히 화가 나겠지.

그런데 너를 보고 있는 내 마음속에도 천불이 일어나고 있으니, 너도 이해해야지.

모르면 어쩔 수 없고.

"이해해 줘서 고맙군요. 성삼그룹과 스카이 포레스트가 싸우면 대한민국의 손해입니다. 광신전기 일에 있어서 물러설 테니까, 앞으로 좋게 지냅시다."

이호영이 어색한 미소를 지었다.

자신의 입맛대로 천재와 화해를 이끌어 냈다고 생각한 것이다.

"뭔가 오해가 있네요. 화를 낸다는 부분을 이해한다고 했을 뿐입니다."

"네?"

"그 상황이면 저라도 화가 나겠다는 거죠."

"무슨 말이요?"

"엄한 사람이 꿀꺽 삼키려고 하니 화가 났다고 했지요?"

"그렇소만……."

"말 그대로 엄한 사람이 광신전기를 욕심내고 있으니, 저도 머리끝까지 화가 치밀어 오릅니다. 이렇게 사람의 뒤통수를 치는 사람이 있는 기업과는 함께 일할 수 없습니다."

"크윽!"

이호영은 차준후와 돌이킬 수 없는 강을 건넜다는 사실을 깨달았다.

더 이상 어떻게 설득할 방법이 떠오르지 않았다.

냉장 시스템 사업에서 성삼그룹이 떨어져 나가면 큰일

이 일어난다는 것이다.

성삼그룹 자체에서 이번 냉장 시스템 사업을 하기 위해서 공을 잔뜩 들였다.

그런 사업이 자신으로 인해 물거품이 되어 버리려 하고 있었다.

큰일이었다.

"불편한데 계속 얼굴을 보고 있어야 하나요? 이제 그만 돌아가세요."

차준후가 말했다.

이대로 물러날 수 없는 이호영이었다.

정말로 냉장 시스템 사업에서 쫓겨나게 되면 새롭게 창업한 성삼전기가 망하고, 이호영도 크게 망신을 당하는 게 사태가 벌어지게 된다.

어떻게든 막아야만 한다.

스카이 포레스트는 규모가 더 커질 여지가 있다는 업계 관측이다.

만약 해외 수출이 성사되면 앞으로 매출이 크게 일어나게 되고, 성삼그룹을 뛰어넘을 수 있다는 전망까지 나왔다.

"없던 일로 하고 넘어갑시다."

"네?"

차준후가 갑작스럽게 태도를 바꾼 이호영 때문에 약간

당황했다.

"내가 잘못했소. 불편한 이야기로 사장님의 심기를 어지럽혔지요. 사람 한 명 살려 주는 셈치고 없었던 일로 합시다. 이대로 스카이 포레스트와의 계약이 파기되면 제게 큰일이 벌어지게 됩니다."

이호영이 차준후의 이해를 구했다.

긁어서 부스럼이었다.

기술 협력 건만 이야기하고 사이좋게 헤어졌어야 했다는 후회로 가득했다.

시간을 되돌릴 수만 있다면 협박하던 자신을 말리고 싶었다.

"흠! 이런 비열한 방법을 사용한 게 광신전기가 처음이 아니겠지요?"

"……."

침묵으로 인정했다.

"피해를 본 사람들이 간청할 때 순순히 물러난 적이 있나요? 있으면 말해 보세요."

"……."

탐욕스럽게 빼앗기만 했으니, 할 말이 없었다.

용서받을 수 없다는 걸 이미 알았다.

지푸라기라도 잡는 심정으로 애걸복걸할 뿐이었다.

"어떤 말을 해도 내 마음은 바뀌지 않아요. 추하게 매달리지 말고 들어왔을 때처럼 당당하게 돌아가세요. 그리고 어떤 일이 벌어질지 기다리세요. 그거면 족합니다."

차준후가 손가락으로 문을 가리켰다.

이렇게 했는데도 나가지 않으면 경비를 불러서 공장 밖으로 쫓아낼 심산이었다.

서슬 퍼런 이야기에 이호영의 얼굴이 하얗게 질려 버렸다.

광신전기를 가지겠다고 탐욕을 부리다가 제대로 혼쭐이 나고 말았다.

'끝장이구나.'

앞으로 벌어질 일이 너무나도 두려운 이호영이었다.

금방이라도 쓰러질 것처럼 휘청거리며 사장실에서 사라졌다.

"성삼토건과 작성한 계약서 찾아서 가져다주세요."

차준후가 종운지에게 부탁했다.

계약서 내용을 기억하고 있었지만, 계약 파기는 커다란 일이다.

꼼꼼하게 다시 살펴볼 필요가 있었다.

이호영에게 본때를 보여 주기 위해서는 지금부터 해야 할 일이 많았다.

"네."

그렇지 않아도 이호영 때문에 화가 잔뜩 난 종운지가 민첩하게 움직였다.

'감히 우리 사장님을 협박해? 너는 이미 끝났어.'
그녀는 결코 용서받지 못할 이호영을 속으로 마구 욕했다.
"여기 있습니다."
계약서를 찾아서 차준후에게 건넸다.
"고마워요."
"사장님, 힘내세요."
못된 사람 때문에 속앓이를 하지 않았으면 했다.
"물론이죠."
차준후가 웃었다.

불쾌한 사람 때문에 화를 냈었는데, 진심으로 걱정해 주는 사람 때문에 힘이 났다.

계약서를 꼼꼼하게 살폈다.

스카이 포레스트에서 중간에 문제가 생겨 일방적으로 계약을 파기하게 되면 일정 수준의 위약금을 지불한다고 작성되어 있었다.

스카이 포레스트에 유리한 특약 조항으로 계약 당시 삽입한 문구였다.

돌다리도 두들겨서 건너가자는 심정으로 차준후가 김운보 고문 변호사와 상의해서 집어넣은 내용이었다.

성삼토건 측에서 불리한 독소 조항에 질색하면서 삭제하자고 난리였지만 그럼 계약이 불가하다는 갑의 이야기에 어쩔 수 없이 받아들였다.

갑의 위치는 스카이 포레스트였고, 언제든지 업체를 바꾸는 게 가능했다.

"돈으로 해결 가능하게 만들기를 잘했지."

위약금만 지불하면 성삼토건에게는 계약 파기를 막을 방법이 없었다.

차준후가 전화기를 들었다.

"성삼토건 사장실 연결 부탁합니다."

- 잠시만 기다려 주세요.

전화 연결원의 말과 함께 통화음이 짧게 이어졌다.

- 상삼토건 사장실 비서 공수영이 전화를 받았어요.

"스카이 포레스트 사장 차준후입니다. 성삼전기와 맺은 계약을 파기하기 위해 전화 걸었습니다."

차준후가 성삼토건에게 청천벽력과 같은 계약 파기를 통보했다.

- 네? 사장님 바꿔드릴게요. 전화 끊지 말고 잠시만 기다려 주세요.

"바꿔 줄 필요는 없고요. 앞으로 계약 파기에 관련된 건은 제 고문변호사와 상담하시면 됩니다. 이만 전화 끊겠습니다."

- 사장님, 잠시만 기다려 주세요. 무슨 이유 때문인지 모르겠지만······.

당황한 비서의 목소리가 들려왔지만 매정하게 전화를

끊어 버렸다.

마른하늘에 날벼락일 수도 있겠지만 구질구질하게 자초지종을 설명할 기분이 아니었다.

차준후가 이호영에게 뒤통수를 얻어맞은 것처럼.

세상을 살다 보면 느닷없이 날아드는 돌멩이에 맞기도 하는 법이다.

그리고 그게 얼마나 기분이 불쾌하고 더러운 일인지는 너희도 맞아 보면 알게 될 거다.

"저는 잠시 볼일이 있어서 외출해야겠네요. 성삼토건에서 전화가 오면 바꿔 줄 필요 없습니다. 왜 계약 파기를 하느냐 질문하면 있는 그대로 알려 주세요."

차준후가 자리에서 일어났다.

"알겠습니다, 사장님."

따르르릉! 따르르릉!

전화기가 요란하게 울었다.

종운지가 전화를 들어서 통화하다가 차준후를 살폈다.

입 모양으로 성삼토건 사장실이라고 이야기를 했다.

차준후가 가볍게 고개를 가로저었다.

"사장님께서는 출장을 나가셨어요. 계약 건에 관련된 이야기는 김운보 고문변호사님과 상의하시면 됩니다."

종운지가 밝은 목소리로 이야기했다.

차준후가 문을 열고 밖으로 나갔다.

닫히는 문 사이로 종운지의 목소리가 들려왔다.
"갑작스런 계약 파기는 아니고요. 성삼그룹 관계자인 이호영 씨가 찾아와서 사장님에게 좋지 않은 이야기를 했네요. 그래서 사장님께서 계약 파기라는 결단을 내린 거죠."
왠지 모르지만 사정을 설명하는 종운지의 목소리가 무척 신나 보였다.

* * *

성삼토건을 비롯한 성삼그룹 전체가 계약 파기로 인해 들썩거렸다.
계약서의 독소 조항이 있지만 가처분과 소송 등 모든 법적 대응을 강구할 거란 으름장도 내놓았다.
그룹 전체의 역량을 집중해서 이번 사태를 해결하겠다고 난리였다.
법원의 판단을 받기 전까지 최소 6개월 이상 소요된다.
이 사이에 문제를 해결하겠다는 강력한 의지였다.
그러나 그 의지는 곧바로 산산이 흩어지고 말았다.
스카이 포레스트에서는 성삼토건 계좌에 위약금을 한 방에 쏘는 걸로 사태를 종결시켰다.

직영점

"사장님께서는 밖에 출타 중이세요. 일부러 연결을 해 드리지 않는 게 아니라, 정말 바쁘세요. 전화 끊겠습니다."

종운지가 전화기를 내려놓았다.

성삼그룹에서 차준후와의 만남을 통해 이번 사태를 해결하기를 간절히 원했다. 그런데 당사자와 대화조차 제대로 해 보지를 못하였다.

다분히 의도적인 대응이었다.

성삼그룹 입장에서는 새로운 계열사를 만들면서 의욕적으로 도전한 사업이었다.

갑작스러운 계약 파기 사태로 인해 타격이 클 수밖에 없었다.

"대체 일들을 어떻게 하는 거야? 이따위로 할 거면 당장 사표 내고 때려치우거라."

회장의 분노 어린 일갈과 함께 내부적으로 조직 개편 및 인적 쇄신이 일어났다.

"문제 일으킨 놈을 그룹에서 내쫓아. 바보 같은 놈! 광신전기를 꿀꺽 삼키려면 제대로 했어야지. 어설프게 접근해서 그룹 전체에 문제를 일으키는 놈은 필요 없어."

회장의 명령이 떨어졌다.

그룹 전체의 쇄신과 함께 책임자인 이호영에 대한 질책성 인사가 곧바로 이뤄졌다.

"신세 한번 처량하게 됐네."

광신전기를 꿀꺽 삼켜 업계의 기린아로 우뚝 올라서려던 이호영은 좌절하면서 그룹에서 쫓겨나고 말았다.

회장의 미움을 받았기에 앞으로 그룹의 어떠한 일도 맡을 수 없게 됐다.

"천재 한 명 잘못 건드렸다가 그야말로 박살이 나 버렸어."

태어날 때부터 손에 움켜잡고 있던 성삼그룹의 휘광이 사라졌다.

"아! 난 아무것도 아니었구나."

모든 걸 잃어버리자, 자신이 얼마나 하찮은 존재인지 깨달았다.

그에 반해 아무것도 없이 황야에 홀로 서 있어도 존재

감을 발휘할 수 있는 게 바로 차준후란 남자였다.

"쳇! 혁신적인 기술과 확고한 의지를 가진 천재는 성삼그룹도 무서워하지 않는구나. 말한 것처럼 진짜로 성삼그룹을 들이 박아 버렸어."

이호영은 차준후의 행보를 보고 놀라고 말았다.

기겁했다.

성삼그룹에 위약금을 보란 듯이 내던질 줄은 정말 몰랐다.

힘이 전부라고 믿었다.

힘에 의한 지배!

성삼그룹의 강력한 힘만 믿고서 차준후와 스카이 포레스트를 찍어 누르려 했다.

자신만의 진정한 힘을 가지고 있는 차준후가 외력이 얼마나 허황된 것인지를 제대로 가르쳐 줬다.

"크윽! 국내에서 잘나가는 성삼그룹이 스카이 포레스트에 앙갚음할 수 있는 일이 별로 없어."

성삼그룹은 계약 파기가 된 현재도 백방으로 스카이 포레스트를 압박하여 원래대로 계약을 이행하려 노력하고 있는 중이다.

분명히 압박을 느끼고 있을 텐데.

차준후와 스카이 포레스트는 눈 하나 깜빡하지 않고 있다.

"오히려 보란 듯이 냉장 시스템에 관련된 계약을 경쟁 업체인 지엘건설에 넘겨줬지. 성삼그룹의 눈치 따위는 보지 않는 녀석이야."

성삼그룹은 차준후의 행보를 지켜볼수록 기겁할 수밖에 없었다.

확전이냐?

아니면 화해냐?

갈림길에서 성삼그룹은 스카이 포레스트에 대한 압박을 포기해 버렸다.

계약 파기를 순순히 받아들였고, 위약금도 다시 스카이 포레스트 법인계좌에 고스란히 돌려보냈다.

화해를 선택한 것이다.

누르면 누를수록 강하게 압박하는 차준후의 독한 성격을 비로소 알아차린 것이었다.

망하더라도 싸우겠다는 의지!

스카이 포레스트를 무너뜨리려면 성삼그룹이라고 해도 성하지 못했다.

국책사업이라고 할 수 있는 낙농 사업과 형광등 개발을 진두지휘하고 있는 스카이 포레스트의 폐업을 정부 부처에서 그냥 지켜볼지도 의문이었다.

다툼이 치열해지면 정부에서 중재를 나설 수도 있었다.

틀림없이 정부에서 나서게 된다.

스카이 포레스트의 위치가 순식간에 높아졌으니까.

지금은 비록 창업 초기이기에 성삼그룹에 비해서 규모가 작지만, 발전 가능성은 스카이 포레스트가 더욱 높다는 게 중론이었다.

이제는 국내에서 어떠한 대기업도 스카이 포레스트를 무시할 수 없었다.

스카이 포레스트라는 기업보다 개인인 차준후가 더욱 무서웠다.

"국내에서는 살아갈 수가 없겠네."

이호영은 성삼그룹의 분노가 차준후가 아닌 자신에게 집중될 거란 걸 알았다.

회장님은 분노를 차준후에게 풀 수 없으니, 원인제 공자에게 화를 낼 것이 분명했다.

"큭!"

처지를 깨닫자 숨이 턱턱 막혀 왔다.

사람은 언행을 조심해야 한다는 걸 뼈저리게 깨달았다.

모든 화는 입에서 나온다는 옛말이 틀리지 않았다.

지금까지는 성삼그룹의 피를 가지고 있는 로열패밀리로 눈치 보지 않고 살아왔다.

높은 위치에 있다고 생각해서 차준후를 쉽게 보고 덤볐다.

다만 자신은 도금을 한 가짜 금이었고, 상대는 순도 99.9% 순금이었다.

"성공해서 해외로 나갈 줄 알았는데, 모든 걸 잃고서 떠나는구나."

젊은 사업가로 이름을 날리던 그는 비참하게 국내에서 쫓겨나고 말았다.

　　　　　＊　＊　＊

「세계 최초 항노화 화장품. 드디어 출시된다.」
「종로에 들어서는 스카이 포레스트 직영점. 세계 최고 명품을 추구한다.」
「대한민국 제품이 세계에서 통하는 걸 보여 주겠다는 차준후 사장의 당찬 자신감이 대단하다.」
「선진국도 하지 못한 대업을 대한민국이 해냈다.」

대한민국이 스카이 포레스트에 관한 기사로 도배됐다.

　　　　　＊　＊　＊

차준후가 직영점 내부를 둘러보았다.

매장의 바닥을 대리석으로 깔아서 어디로 발걸음을 옮

기더라도 깔끔하면서 세련된 느낌을 받을 수 있다.
 사치를 즐기는 성격은 아니었지만, 명품 매장을 표방하고 있었기에 매장의 모든 것이 고급스러웠다.
 화장품 하나에 천 환을 받는데, 매장이 후줄근할 순 없었다.
 사소한 것 하나까지 꼼꼼하게 신경을 썼다.
 화장품은 문화적 그리고 환경적 영향을 받는 실용적인 물품이다.
 1960년대에 21세기 명품 매장 분위기를 녹여 내기 위해서 많은 난관에 부딪혀야만 했고, 그다지 순조롭지도 않았다.
 그런 가운데 고급스러우면서 아늑한 분위기를 담을 수 있는 매장의 완성에는 바로 옆에서 따라다니고 있는 서은영의 공로가 컸다.
 "내가 말한 분위기를 잘 녹여 냈네. 고생했어."
 "재미있기도 했고, 많이 배웠어."
 서은영은 스카이 포레스트 직영점 인테리어를 도와주겠다면서 손을 내밀었다.
 차준후는 매장을 더 빠르게 열 기회였고.
 서은영은 차준후가 원하는 기준을 알 기회였다.
 양측 모두 이득을 볼 수 있었기에 차준후가 기꺼이 받아들였다.

그녀는 홀로 오지 않고 신화백화점 시설팀을 대동하고 나타났다.
　백화점 시설팀은 고급스러운 자재를 많이 활용해 봤기에 이번 직영점을 꾸미는 데 있어서 안성맞춤이었다.
　직영점은 세밀하고 복잡한 마감과 마무리 등 여러 조건들이 많아서 다른 일반적인 매장보다 시공 시간이 많이 걸렸다.
　차준후가 백화점 시설팀과 함께 고생하면서 심혈을 기울였다.
　그 옆에서 서은영이 황량했던 공간이 바뀌어 나가는 모습을 꼼꼼하게 살폈다.
　차준후는 서은영과 대화를 하면서 직영점 인테리어에 대한 많은 피드백을 받았다.
　여성들을 위한 명품 매장은 차준후와 같은 남성에겐 낯선 부분이 있었다. 특히 연구원으로만 열심히 살아왔던 사내에게는 더욱 그렇다.
　서은영도 차준후와 함께 직영점을 꾸미면서 많은 걸 보고 배웠다.
　"그랬으면 다행이고."
　"색다른 경험이라 즐거웠어."
　이번 직영점 인테리어를 꾸미기 위해 두 사람은 자주 만나서 준비를 해 나갔다.

차준후가 조악한 그림을 그려서 명품 매장 기획 의도를 설명했고, 서은영은 손님들이 화장품을 보고 느끼고 체험할 수 있도록 공간을 꾸며 나갔다.

여성의 손길이 닿자 확실히 차준후 홀로 기획했을 때보다 매장 분위기가 살아났다.

"사람들이 많이 몰렸는데? 줄이 엄청나게 길어."

서은영이 창문 밖을 내려다보며 이야기했다.

창밖의 사람들이 인도를 따라 늘어서 있었는데, 위에서 내려다봐도 줄의 끝이 보이지 않았다.

"오픈런이네."

매장이 오픈하면 바로 달려간다는 뜻의 오픈런!

정말 기다리고 기다렸던 상품을 구매하기 위해 개점 시간을 기다리는 손님들!

"매장이 개점하면 바로 달린다는 뜻이네. 영어 단어 두 개를 붙이니까, 지금 저 사람들의 모습을 고스란히 담을 수 있네. 넌 말을 참 재미있게 해."

서은영이 곧바로 말뜻을 알아들었다.

'이런 건 진짜 고쳐야 하는데. 쉽지 않네.'

차준후가 또다시 현시대에 낯선 단어를 꺼내고 말았다.

조심한다고 하는데도 불구하고 입밖으로 미래의 단어들이 툭툭 튀어나왔다.

"부탁하고 싶은 일이 있어."
"뭔데?"
"SF-NO.1을 몇 개 구매하고 싶어. 내가 여기에서 일하고 있다는 게 소문났는지, 무조건 구해 달라고 난리야. 십 년 이상 연락이 끊겼던 중학교 친구들까지 전화가 오더라고."

그녀가 알고 있는 대부분의 친구들은 돈에 구애받지 않는 잘사는 사람들이었다.

친구를 비롯한 백화점 납품으로 만난 거래처들까지 온통 난리였다.

"말해 놓을 테니까, 갈 때 필요한 만큼 구매해."
"고마워."

밖이 소란스러웠다.

빨리 문을 열라는 사람들의 목소리가 들렸고, 차량들의 엔진 소리까지 요란하다.

어느덧 10시, 오픈 시간이 되자마자, 수많은 여인들이 한껏 부푼 마음으로 스카이 포레스트 직영점으로 들어섰다.

직업, 나이, 취향 등 모든 것이 전부 달랐지만 화장품을 원한다는 건 똑같았다.

"드디어 SF-NO.1을 실제로 보겠구나."
"소문으로만 듣던 안티 에이징 화장품을 볼 수 있다니."

"와! 정말 아름답구나. 무슨 화장품 매장이 해외 유명 호텔처럼 반짝반짝 빛나는 거야?"

"이번에 SF-NO.1을 꼭 구매할 거다."

"은행에서 현찰 두둑하게 뽑아 놓았어. 최대한 많이 구매해야지."

매장 안으로 들어선 사람들이 저마다 탄성을 쏟아 냈다.

한껏 멋을 부린 여인들은 대부분 비싼 옷을 입고, 보석과 같은 장신구를 착용하고 있었다.

언론매체를 통해서 SF-NO.1의 가격이 초고가인 천 환에 달하고, 서울의 번화가인 종로에 호화로운 직영점이 들어선다는 소문 때문에 평범한 일반인들은 접근하기가 쉽지 않았다.

"죄송합니다. 지금은 너무 많은 사람들로 붐비고 있으니 잠시 뒤에 입장시켜 드리겠습니다. 양해 부탁드립니다."

직원들이 출입객의 입장을 통제했다.

내방객들은 붐비지 않는 쾌적한 환경에서 화장품 구매가 가능했다.

인테리어부터 전시된 화장품들까지 모든 부분에서 고급스러움이 느껴지는 매장이다.

"아름다운 매장이네요."

"북적거리지 않고 여유롭게 화장품을 구경할 수 있어서 정말 좋네요."

"들어오기까지 오랜 시간 기다려서 힘든데, 이러면 기다릴 가치가 있다고 봐요."

"맞아요. 새벽부터 기다려도 괜찮아요."

"스카이 포레스트니까 이런 직영점을 만들어 낸 것이 당연하다고 봐."

"그렇지. 그 회사 아니면 누가 이렇게 대단한 매장을 꾸며 내겠어."

매장에 들어온 것 자체로 크게 대접받는 느낌이었다.

국내 어디에서도 스카이 포레스트 직영점과 비슷한 곳을 찾아보지 못했다.

가장 손님 대우를 잘한다고 알려진 백화점보다 스카이 포레스트 직영점이 훨씬 우월했다.

몸에 착 달라붙은 옷으로 한껏 꾸미고 온 여인이 손에 SF-NO.1을 들어 올렸다.

용기 표면에 권장소비자가 1,000환이라고 적혀 있었다.

* * *

"스카이 포레스트 물건은 참 좋아. 그런데 사악할 정도로 가격을 높게 부르는 게 문제야."

"가격은 문제라고 생각해. 그런데 이번 혁신적인 화장품은 독특하고 고유의 아름다움을 갖추고 있어. 충분히 값어치를 한다고 봐."

"내가 돈이 아까워서 한 말이 아니잖아."

"알아. 보통 화장품들과 전혀 다르다는 걸 이야기했을 뿐이야. 이 회사 화장품들은 돈을 떠나서 하나같이 대단해."

"그건 나도 동의."

돈에 구애받지 않는 사람들에게 SF-NO.1을 비롯한 화장품들은 실제로 판매가보다 가치가 높다고 받아들여졌다.

스카이 포레스트의 화장품보다 품질이 떨어지면서 높은 가격을 받는 해외 화장품들이 즐비했다.

"내 화장대에 SF-NO.1을 올려놓고 싶어."

"용기 디자인이 아름다우니까 실내의 분위기를 더욱 좋게 만들 것 같지 않아?"

"인테리어 소품으로도 좋아 보인다."

"집에 있는 것만으로도 단번에 시선을 끌어당길 거야. 멋지잖아."

"근사한 화장품이야. 모든 게 마음에 들어. 나를 위해 세상에 나온 물건처럼 느껴져."

매장을 구경하며 돌아다니는 사람들의 얼굴에는 설렘

이 가득 차 있었다.

'아! 드디어 제대로 시작했구나.'

즐거워하는 사람들이 차준후의 눈에 가득 들어왔다.

행복해하는 고객들을 보면서 덩달아 기분이 좋아졌다.

3층으로 이뤄진 직영점을 층마다 둘러보며 즐거움을 만끽했다.

대부분의 사람들이 화려하게 차려입었지만, 간혹 허름한 옷차림의 여성들도 보였다.

깔끔하게 세탁된 옷을 입고 왔지만 부유한 여성들이 걸친 옷들과는 많은 차이가 있었다.

그런 사람들 가운데 40세 전후의 여성 두 명이 1층 판매대 앞에서 서성거렸다.

허름한 옷차림의 그녀들은 언뜻 봐도 돈이 많아 보이지 않았고, 호화로운 매장 분위기와 어울리지 않았다.

새벽부터 줄을 선 탓에 매우 지쳤지만 두 사람은 즐거운지 웃으며 SF-NO.1을 바라보고 있었다.

"소문처럼 괜찮아 보이지 않아?"

"정말 아름다운 용기네."

"꺼내서 보고 싶지?"

"물론이지. 유리 진열장이 아닌 바로 눈앞에서 보고 싶어."

"밀크를 꺼내서 보여 주세요."

그녀들이 잠시 대화를 나누는가 싶더니 매장 직원에게 부탁했다.

"구매하실 생각은 있으신가요?"

여성 직원이 물었다.

"네?"

"고가의 화장품입니다. 구매하실 여력이 있는지 묻고 싶네요."

여성 직원은 매장과 어울리지 않은 두 사람을 보면서 불쾌했다.

대리석 바닥에 흙 발자국을 남기는 것뿐만 아니라, 분위기를 흐리고 있다.

이런 사람들은 이곳과 전혀 어울리지 않는다고 생각했다.

"지금 제가 사지 못할 거란 말인가요? 가난하면 SF-NO.1을 볼 수도 없는 건가요?"

여성의 목소리가 높아졌다.

지독한 모멸감에 몸을 떨어야만 했다.

사실 SF-NO.1을 사지 못하는 처지인 건 맞았다.

그러나 립글로스 오아시스 정도는 살 수 있었기에 사촌과 함께 직영점을 방문한 것이었다.

조용한 공간이 시끄러워지자, 사람들의 시선이 몰렸다.

"저기 봐. 호화로운 매장에 어울리는 모습이 아니네."
"꼴불견이더라고. 돈도 없으면서 구경하러 왔나 봐."
"저들과 같은 공간에 있기 싫어. 쫓아내면 좋겠다."
사람들의 수군거리는 소리가 후줄근한 두 여인에게도 들렸다.

여인들이 자신들을 비난하는 이야기에 크게 당황했다.

반사적으로 주변을 훑어보았는데, 사람들의 시선이 심상치 않았다.

"기분이 나쁘셨다면 정말 죄송합니다만, 구매 여부만 물었을 뿐이에요, 손님. 너무 예민하신 거 아닌가요?"

여성 직원이 웃으며 상냥한 목소리로 이야기했다.

같이 목소리를 높이기에는 격이 떨어지니까.

친절하게 상대방을 깎아내렸다.

"정말 불쾌하네요. 화장품을 보러 와서 이런 대접을 받을 거라고는 생각도 못 했어요."

"불쾌하게 느끼셨다면 정말 죄송하네요."

여성 직원이 고개를 숙여 가며 사과했다.

후줄근한 옷차림의 여성 얼굴이 터질 것처럼 붉어졌다.

돈도 없으면서 왜 SF-NO.1을 본다고 했을까?

구매할 생각 없이 SF-NO.1을 구경하러 온 건 사실이었다.

사촌과 함께 새벽부터 기다렸기에 매장이 오픈하자마

자 들어올 수 있었다.

비록 구매할 수 없지만 설렘으로 가득한 시간을 보낼 수 있었다.

여성 직원이 이야기를 꺼내기 전까지만.

지금 순간 그녀는 자신이 있지 말아야 할 장소에 있는 건 아닌가 두려웠다.

"가자. 애당초 여기는 우리가 있어야 할 곳이 아니야."

사촌이 그녀의 옷자락을 잡아끌었다.

"그래. 가난한 사람들에게는 꿈을 꾸는 것도 사치이고 잘못인 거지."

두 여인이 상처받은 채 매장에서 물러나려고 했다.

그녀들은 잔뜩 붉어진 얼굴로 몸을 떨고 있었다.

고가의 화장품을 팔고 있는 아름답고 멋진 화장품 매장에 가난한 자신들이 방문한 것이 죄악처럼 느껴졌다.

"꿈꾸는 건 잘못이 아닙니다. 누구에게나 꿈을 꿀 수 있는 권리가 있습니다."

2층에 있던 차준후가 1층으로 내려오며 외쳤다.

직영점을 갖은 고생을 하면서 개업한 건 이득을 누리기 위해서가 아니다.

이익을 많이 챙기려고 했다면 대량 생산해서 유통했으리라!

돈을 떠나서 사람들이 행복했으면 하는 바람이었다.

방문객들에게 가장 큰 행복감을 주기 위해서 돈을 아끼지 않고 꾸몄다.
　"죄송합니다, 손님. 직원을 제대로 교육시키지 못해 고객님께 대단한 실례를 하게 만들었습니다."
　차준후가 정중하게 허리를 숙였다.
　이런 사태가 벌어진 데에는 수장인 자신의 책임도 일부 있다고 생각했다.
　그렇기에 잘못을 겸허하게 인정하고 추레한 행색의 여인에게 미안함을 행동으로 내보였다.
　"……."
　서은영의 눈동자가 요란하게 흔들렸다.
　자존심 강한 차준후가 후줄근한 여인들에게 곧바로 허리를 숙이다니!
　말로만 미안하다고 해도 아무도 뭐라고 못할 텐데.
　왜 이렇게까지 해야 하는 거니?
　"준후야……."
　"어머! 어떻게 해?"
　"저 사람! 스카이 포레스트 사장인 차준후잖아. 자존심이 대단하다고 하던데……."
　"특유의 강단과 배포로 대기업인 론도그룹과 성삼그룹 회장들에게도 고개 숙이지 않았다고 들었어. 그런 대단한 사내가 지금 직원의 잘못을 대신해서 용서를 빌고 있어."

매장에서 쇼핑을 하고 있던 손님들과 손님 응접을 하고 있던 직원들이 모두 놀랐다.

사람들이 믿기지 않는 눈빛으로 바라봤다.

저 오만한 차준후가 후줄근한 여인들에게 고개를 숙인 줄이야.

손님들과 직원들이 당황해하면서 조마조마한 심정으로 차준후를 살폈다.

웅성웅성.

소란이 더욱 커져 나갔다.

"저는 괜찮아요. 일어나세요."

허름한 옷차림의 여성이 큰일이라도 당한 것처럼 다급하게 이야기했다.

국내를 들썩거리게 만드는 대단한 사람이 하찮은 자신에게 고개를 숙였다.

있을 수 없는 일이었다.

"이만 돌아갈게요."

그녀가 사촌과 함께 황급히 매장에서 떠나려고 했다.

"잠시만 기다려 주십시오. 말로만 잘못을 용서받을 생각은 없습니다."

차준후가 말하면서 진열대를 향해 빠르게 움직였다.

손님에게 구매 여부를 물어봤던 여성이 있는 진열대였다.

"사장님, 제 잘못이 아니에요. 매장의 격을 떨어뜨린 사람은 손님들이라고요. 그래서……."

차준후가 허리를 숙이며 사과한 이후부터 식은땀을 뻘뻘 흘리던 직원이 변명을 시작했다.

"그만! SF-NO.1 열 개 포장해 주세요."

직원의 구질구질한 말을 끊어 버린 차준후의 말투가 싸늘했다.

창백한 안색의 여성 직원이 황급히 밀크 열 개를 포장해서 종이봉투에 담았다.

종이봉투를 든 차준후가 다시 여인들에게 다가갔다.

"이걸로 마음의 응어리가 풀리지는 않는다고 생각합니다. 조금이라도 용서받기 위해서 드리는 약소한 화장품입니다. 부디 받아 주셨으면 좋겠습니다."

"제가 받아도 될까요? 너무 고가의 물건들이에요."

여인은 정말 가지고 싶었지만, 선뜻 손이 가지 않았.

눈앞의 비싼 물건은 자신의 것이 아니라고 생각됐다.

SF-NO.1 열 개면 무려 일만 환이다.

그녀의 가족이 아침부터 밤늦게까지 일 년 동안 쉬지 않고 일해도 모을 수 없는 거금이다.

"아파하셨던 마음에 비해서 저렴한 물건입니다. 당신은 존중받을 수 있는 충분히 고귀한 분입니다. 귀한 분께서 편하게 받아 주셨으면 합니다."

차주후가 두 손으로 종이봉투를 건넸다.

여인이 바들바들 떨리는 손으로 종이봉투를 받아 들었다.

가난하고 못 배워서 무시를 당하면 당했지, 사실 어디에서도 귀한 대우를 받아보지 못했다.

사회적으로 높은 신분 차준후의 귀한 대우가 너무나도 고맙고 감격스러웠다.

"감사합니다. 염치 불고하고 받을게요."

여인이 고개를 마구 숙였다.

이 화장품들이면 그녀의 가족들 고생이 끝일 수도 있었다.

화장품을 판매한 돈으로 작은 음식점을 열어 편안하게 살아갈 수도 있었다.

"정말 감사합니다."

떠나기 전 재차 차준후에게 인사한 여인들이 잰걸음으로 매장에서 자취를 감췄다.

사태를 해결한 차준후가 잘못을 저지른 여성 직원에게 다가갔다.

"사장님……."

여성 직원이 몸을 떨어 댔다.

"제 매장에서 이런 말도 안 되는 사태는 절대 용납할 수 없습니다. 직원복 내려놓고 나가세요. 지금부터 당신은 더 이상 스카이 포레스트 직원이 아닙니다."

차준후는 분개했다.

감히 손님을 옷차림으로 구분하고 차별하다니, 이건 인종차별처럼 심각한 일이었다.

이런 차별을 하지 말라고 매장 오픈 전부터 직원들 교육을 철저하게 시켰는데, 교육이 아직도 많이 부족한 모습이었다.

강사까지 동원해서 좋게 가르쳤는데…… 통하지 않는다면 채찍질을 해야겠지.

심각한 사태에는 말보다 행동으로 나서야 한다.

"한 번만 용서해 주세요. 매출을 많이 일으키려고 했을 뿐이라고요."

여성 직원이 눈물을 뚝뚝 떨어뜨리며 간절히 빌었다.

스카이 포레스트에 취직했다고 즐거워했는데, 하루도 온전히 근무하지 못하고 잘리게 생겼다.

"제가 지금까지 여러분께 매출을 올리라고 강요했나요? 상품 구매에 대한 압박감을 주면 매장에 찾아오시는 손님들이 어떻게 화장품과 즐겁게 교감을 나누겠습니까. 전 매장에서 손님들이 누구나 행복한 시간을 가지기를 원하고 있습니다. 그런데 당신은 제가 만들려 하는 행복한 시간을 깨뜨려 버렸습니다."

차준후가 분노를 숨기지 않고 드러냈다.

SF-NO.1의 가격은 최고가로, 고가의 해외명품보다 높았다.
　이러한 가격을 내세우는 건 손님들에게 최고의 즐거움과 행복감을 줄 수 있다는 자신감 때문이었다.
　"직원들이 가장 최우선으로 여겨야 할 건 고객의 행복입니다. 고객의 행복을 억지로 깨뜨려 버린 직원은 회사에 필요하지 않습니다."
　차준후의 말은 매장에 있는 사람들에게 큰 파문을 일으켰다.
　"단순히 화장품만 잘 만드는 천재가 아니었어."
　"사람의 마음을 살살 녹여 준다."
　"고객의 행복이 최우선이라! 이 집 장사 잘하네."
　차준후의 진심이 자연스럽게 사람들에게 전해졌다.
　단순히 좋은 화장품만 팔아서는 세계 최고의 기업이 될 수 없다.
　최고의 회사로 성장하기 위해서는 사람의 마음을 잡아야 한다.

사람 향기

 '화장품의 가격에는 사람들의 마음을 행복하게 하는 가치가 녹아들어 있다. 행복해지기 위해서. 고가임에도 불구하고 고객들이 기꺼이 지갑을 여는 것이다.'

 차준후는 화장품의 가치가 고객의 행복에 있다고 믿었다.

 "죄, 죄송해요. 다시는 겉모습으로 사람을 차별하지 않을 테니까, 한 번만 봐주세요."

 "다시 한번 말하죠. 스카이 포레스트 직원으로서의 당신 삶은 끝났습니다. 외부인이 되었으니 이제 그만 매장에서 나가 주세요."

 "제발요."

 그녀는 스스로 나갈 생각이 없었다.

"끌어내세요."

차준후가 지시했다.

지켜보고 있던 직원들이 황급히 달려들어 양쪽에서 그녀의 팔을 낚아챘다.

버틴다고 용서받을 일이 아니라는 걸 깨달았다.

그녀는 세상 다 산 것 같은 표정으로 매장 직원들에 의해서 곧바로 사라졌다.

"소란을 벌여서 죄송합니다."

차준후가 고객들에게 사죄한 뒤 서은영과 밖으로 나왔다.

"와! 멋있다."

"고객의 행복을 위한다고 말하잖아. 집에서는 얼마나 가정적일까. 저런 사내가 내 남자 친구여야 하는데……."

"아들딸 낳고서 행복하게 살아가는 남편이어야지. 돈도 잘 벌고, 훤칠하고, 자상하기까지 하니까. 남편이면 너무 좋겠다."

사람들이 차준후에 대해 한참 동안 이야기를 나눴다.

스스로를 낮춘 차준후의 행동은 결국 자신을 높이는 걸로 연결됐다.

대우받으려면 상대방을 대우해 주는 법을 알아야 한다.

대우는 쌍방의 예의이지, 일방통행이 아니니까.

간혹 이런 진리를 모르고 날뛰는 천둥벌거숭이들이 있지만 가난하다고 남을 업신여기면 결국 스스로의 얼굴에 먹칠을 하는 꼴이다.

"점심시간이 넘었네. 배 안 고파?"

차준후가 시계를 보니 12시가 넘었다.

"방금까지는 무척 고팠는데, 지금은 배고픔이 싹 사라졌어."

"왜?"

"솔직히 기분이 좋지 않아. 네가 잘못한 것도 없는데 왜 고개를 숙였는지 모르겠어. 편하게 넘어갈 수도 있었잖아?"

서은영은 이해가 가지 않았다.

자신이라면 신화백화점을 위해서 허리를 숙일 수 있을까?

잘못했다고 인정할 수는 있어도 차준후처럼 사람들이 지켜보는 가운데 허리를 숙이지는 못한다.

허름한 옷차림의 사람들이 무시당하는 걸 백화점에서도 간혹 목격한 적이 있다.

그때마다 대수롭지 않게 판단하고 지나치고는 했다.

"음! 그럴 수도 있었겠지. 그런데 나는 매우 심각한 사태라고 봤어. 그 여인들의 표정이 진짜 좋지 않았거든. 내가 해 보니까 알겠더라. 사장은 권한을 누리는 동시에 책임까지 함께 지는 자리야. 권한은 누리고, 책임을 회피하면 비겁한 거다."

후줄근한 여인들을 비참한 모습에 한때 고아로서 겪어야만 했던 설움을 다시금 느꼈다.

후줄근한 차림으로 편의점에 들어가 컵라면 하나만으로 끼니를 때우던 시절.

냄새나고 더럽힌다는 이유로 쫓겨났다.

편의점 알바에게 무시당했던 경험은 무척이나 아픈 기억으로 남았다.

지금도 머릿속에서 지워지지 않는다.

"넌 절대 비겁하지 않았어."

서은영이 뾰족하게 외쳤다.

"미안한 걸 미안하다고 말할 수 있는 사람이 진정으로 용기 있다고 생각해. 난 앞으로도 잘못한 일이 있으면 상대방에게 용서를 구할 거야."

차준후는 힘과 돈으로 가난한 사람을 찍어 누르고 싶은 마음은 없었다.

용서를 구하지 않는 사람은 자기가 지나가야 할 다리를 스스로 파괴하는 것.

허리를 숙이는 건 얼마든지 할 수 있다.

크게 걱정하고 염려하는 건 따로 존재했다.

"네 마음은 잘 아는데, 다른 사람들에게 어떻게 보일지 몰라서 걱정돼."

 서은영은 가난한 사람들에게 고개 숙이는 게 여전히 납득이 되지 않았다.

 "은영아."

 "왜?"

 "돈이 많다고 해서 사람다움을 잊어버리면 괴물이나 다름없어. 난 성공한 사업가로 사람들에게 존경받는 것이 아니라 사람 향기 난다는 이야기를 듣고 싶다."

 차준후가 진솔한 속내를 드러냈다.

 괴물이 되어 버린 재벌 3세 오대양 창업주의 손자 때문에 임준후라는 육체를 잃어버렸다.

 1960년대로 와서 차준후가 된 뒤, 복수를 한답시고 갑작스럽게 스카이 포레스트를 창업하고, 성공의 길을 걸으며 사람들의 인정을 크게 받고 있었지만, 마음 한구석에는 채워지지 않는 허전함이 있었다.

 그 밑바탕에는 처절했던 고아의 아픈 삶이 깔려 있었다.

 고아원에서 보냈던 삶의 아픔은 말로 표현하기가 어렵다.

 사람답게 살아 보려고 정말 치열하게 차별하는 세상과 싸우면서 보냈다.

 대기업 연구원이라는 사회적으로 인정받는 위치에 올

라서서 발 뻗고 살아 볼까 했을 때, 제대로 누려 보지도 못하고 육체가 사라지고 말았다.

전생의 삶을 떠올리기만 해도 아픔이 넘실거리며 흘러들어온다.

임준후였을 때 결혼하지 못했던 가장 큰 이유도 그런 아픔 때문이었고, 현생에서 호감을 갖고 접근해 오는 여인들에게 설레지 않는 것도 마찬가지였다.

진정한 인연을 만나지 못한 걸 수도 있고.

불 난 자리에 흔적이 남는 것처럼 고아였던 삶은 영혼에 깊숙한 낙인을 찍어 버렸다.

"넌 내가 아는 잘 사는 부자들 가운데 누구보다 사람 향기가 진하게 나. 진짜야."

서은영이 보장했다.

돈 많고 능력 있는 사업가들 가운데 어느 누가 차준후만큼 사람들을 신경 써 주고 있는가.

대한민국에서 근로자들이 가장 일하고 싶어 하는 기업이 바로 스카이 포레스트다.

"다행이네."

차준후가 웃었다.

사람 향기가 진하게 나는 웃음이었다.

'난 말로만 최선을 다한다고 떠들었을 뿐이야. 지금도 한다고 말하고 있지만 싫다고 생각되는 건 행동으로 보

이지 않았지.'

서은영은 자신이 무엇을 해야 하는지 알아차렸다.

비겁했던 자신을 바꿔야 했다.

서은영의 굳어 있던 가치관에 금이 가 버렸다.

로열패밀리로 살아오면서 백화점에 찾아오는 사람들의 행복을 눈여겨보지 않았다.

백화점에서 쇼핑하는 고객과 가족들에게 가장 큰 즐거움, 행복감을 안겨 주는 것이 먼저다.

백화점의 입장에서가 아니라 늘 고객 입장에 서야 한다.

백화점에서 가장 높은 위치에 설 수 있는 업체는 매출 규모가 아닌 고객의 행복지수에 달려 있다.

"고마워."

장사의 본질을 깨달은 그녀가 차준후에게 고개를 숙였다.

"별말을 다 하네. 밥이나 먹으러 가자. 내가 종로에 아주 맛있는 식당 알아 놓았어."

"어디인데?"

"당일 도축한 소의 곱창만을 사용한다는 얼큰한 전골집인데……."

"싫어. 그래도 오늘은 기쁜 날이잖아, 다른 곳으로 가자."

그녀가 고개를 가로저었다.

곱창의 모습을 떠올리기만 해도 징그러웠다.

"잔치국수집은 어때? 국물이 일품이라고 하더라."
"국수는 너무 평범하잖니. 맛있는 거 먹고 싶어. 다른 곳은?"
"어디 가고 싶어?"
차준후가 현명하게도 선택을 서은영에게 떠넘겼다.
"신화백화점 지하 식당으로 가자. 새로 들어온 유명음식점이 있어. 서울식 불고기를 아주 환상적으로 만드는 집이야."
"괜찮겠다. 가자."
둘이 신화백화점으로 향했다.
'데리고 간 김에 백화점의 부족한 부분에 대해서도 자문을 구해야지.'
백화점에서의 식사와 함께 배움을 청하려는 앙큼한 마음에 식사 장소를 바꾼 것이다.
함께 할 때마다 많은 걸 배웠다.
오늘도 여느 때와 다르지 않을 거라고 믿었다.
듣고 보면 별거 아닌 것 같지만 발상의 전환은 대단한 가치를 품고 있다.
소위 깨어 있는 사람의 말 한마디의 가치는 컸다.
제대로 활용할 수만 있다면 신화백화점을 더욱 성장시킬 수 있었고, 이는 서은영에게 더할 수 없는 기쁨을 줄 것이다.

그녀는 차준후를 통해 혁신을 거듭하고 있었다.

* * *

스카이 포레스트 직영점, 하늘숲 매장이 개업하자 반응은 곧바로 나타났다.

영업 시작인 10시 전부터 수많은 사람들이 줄을 서고 있었고, 취재하러 나온 기자들이 사진을 찍고 있었으며, 금발의 외국인들도 간혹 있었다.

미군 군복을 입은 여성들이 군데군데 눈에 보였다.

"스카이 포레스트 숍, 간판이 영어로 적혀 있어서 알아보기 쉽네. 이건 마음에 드네. 그건 그렇고 화장품 용기 디자인이 정말 아름답다고?"

미군 군인 여성 레이첼은 아침부터 하늘숲 매장까지 친구 손에 끌려 나온 게 불만이었다.

지금 시간이라면 커피 한 잔을 마시면서 편안하게 시간을 보낼 때다.

"한국인들이 자랑스러워하는 화장품이야. 세계 최초 주름 개선 화장품이라고 이야기하고 있어. 안티 에이징이라고 하더라."

엘린이 SF-NO.1에 대해 이야기했다.

"원래 모든 물건은 과장해서 파는 법이잖아."

레이첼이 코웃음을 쳤다.

화장품을 이용해서 주름 개선을 한다고?

말도 안 되는 이야기였다.

"과장이 아닌 것 같으니까 내가 SF-NO.1을 사러 온 거야."

"뭐라고? 넌 사기당한 거야."

"아니야. 우리를 돕는 카투사 가운데 강금정 소위라고 있잖아. 그 사람 얼굴에 주름이 자글자글했는데, 어제 보니까 완전히 달라졌더라고."

카투사인 강금정 소위는 장례식 답례품 가운데 하나를 우연히 선물받게 됐다.

SF-NO.1의 효과를 톡톡히 보기 시작했다.

그리고 그런 변화한 얼굴을 주변 사람들이 알아보았다.

특히 여성들이 그 변화에 주목했고, 그들 가운데에는 주한미군 여성들도 포함되어 있었다.

"정말?"

레이첼이 꽤 놀란 눈빛이었다.

강금정 소위라면 그녀도 알고 있었는데, 얼굴에 주름이 자글자글해서 나이에 비해 십 년은 더 늙어 보였다.

"직접 보면 내 말이 사실이란 걸 알 거야. 그러니까 그만 툴툴거리고 줄 잘 서고 있어."

화장품의 효과를 직접 목격했기에 해가 뜨기도 전부터 하늘숲 매장 앞으로 진격했다.

빨리 온다고 왔지만 이미 적지 않은 사람들이 줄을 서고 있었기에 매장에 들어가기까지 시간이 필요해 보였다.

"진짜구나. 그래서 이 많은 사람들이 줄을 서고 있는 거야. 이 화장품을 만든 사람은 천재야. 내가 간절히 원하던 화장품이라고."

시큰둥하던 레이첼이 환호성을 터트렸다.

뜨거운 태양 아래 활동하는 일이 많다 보니 나이에 비해 얼굴에 주름이 자글자글했다.

"그래서 너를 끌고 온 거야. 고마운 줄 알아."

"정말 고마워. 넌 최고의 친구야."

"들어가려면 시간이 제법 걸리겠네."

"왜? 그냥 막 들어가면 되는 거 아니야?"

"스카이 포레스트 숍은 쾌적하게 쇼핑할 수 있도록 매장 내 사람들의 수를 통제하고 있어."

"이야! 정말 충격적인 일이네."

"나도 처음 들었을 때 충격을 먹었어. 미국 명품 매장에서나 볼 수 있는 정책이잖아."

"가격이 얼마야?"

"오늘 우리가 사러 온 화장품은 SF-NO.1 밀크야. 2달러 조금 안 되는 금액이던데. 한화로 천 환이라고 했어."
"돈은 가지고 왔어?"
"400달러 환전해서 왔어. 네 몫까지 잔뜩 가지고 왔지."
"잘했어. 그런데 환전 금액이 엄청나게 많네?"
"미국에 있는 엄마와 언니들에게도 보내 주려고."
"아! 나도 보내야겠다. 그 생각을 미처 못했네."
"좋은 건 가족과 함께 써야지."
"당연한 소리."
 주한미국 여성들이 SF-NO.1을 구하는데 아낌없이 돈을 쓸 준비가 되어 있었다.

　　　　　* * *

 SF-NO.1을 받은 가족들이 얼마나 기뻐할지 벌써부터 예상이 됐다.
 고가의 보석을 받은 것보다 더 좋아할 수도 있다.
 피부에 신경을 쓰고 있는 여성들에게 SF-NO.1은 어떤 선물보다 값지다.
 오전 10시, 하늘숲 매장의 문이 열렸다.
 오랫동안 기다리고 있던 사람들이 안으로 무더기로 쏟아져 들어갔다.

"고객님, 죄송합니다. 쾌적한 매장 환경을 위해 잠시만 기다려 주십시오."

깔끔한 유니폼을 입은 매장 직원이 허리를 굽히며 말했다.

"알았어요."

바로 앞에서 대기해야 하는 여성이 짜증을 낼 만도 한데 순순히 납득했다.

이제 사람들은 하늘숲 매장만의 독특한 정책이자 문화를 이해하고 받아들였다.

기다림이 지루하기는 했지만, 매장에 들어가면 자신들도 편안하고 여유롭게 돌아다닐 수 있었다.

길게 늘어선 줄이 빠른 속도로 줄어 들어갔다.

"드디어 들어왔다."

주한미군 여성들이 스카이 포레스트 직영점, SF 숍에 들어와서 호기롭게 주문했다.

"SF-NO.1 밀크 100개 주세요."

"손님, 죄송합니다만 일 인당 구매 개수가 1개로 제한되어 있습니다."

영어가 가능한 여성이 여군을 응대했다.

차준후는 외국인들이 올 경우를 대비해서 영어와 일본어 등이 가능한 직원들을 고용해 뒀다.

확실히 선견지명이 있었다.

"네? 왜 팔지 않는 건데요? 저 돈 많아요."

엘린이 수중에서 지폐 다발을 꺼내 들었다.

"생산량이 부족해서 손님들의 구매 개수를 제한하고 있습니다. 양해 부탁드리겠습니다."

일 인당 한 달에 1개만 구매가 가능했다.

화장품 구매 대장을 통해 스카이 포레스트에서 직접 고객들을 관리하고 있었다.

이번에도 고질적인 화장품 원재료 부족으로 인해 SF-NO.1의 생산이 마음껏 이뤄지지 않았다.

주된 재료인 우유에서 추출하는 성분들은 넘쳐 났지만 다른 원재료들은 여전히 정부의 통제 아래 있었다.

SF-NO.1을 원하는 사람은 많은데, 팔 수 있는 물량이 한정됐으니, 스카이 포레스트에서는 구매 개수 제한으로 보다 많은 사람들이 이용할 수 있게 했다.

"더 구매할 수 있는 방법은 없나요? 미국에 있는 엄마에게 꼭 보내고 싶어서 그래요."

"고객님의 요구를 들어주지 못해 정말 죄송합니다. 최대한 많은 분들에게 화장품을 보급하기 위한 회사의 정책이니, 고객님의 이해를 바랍니다."

점원이 정말 미안한 표정을 지었다.

직원들은 매번 화장품을 대량으로 구매하려는 손님들 때문에 곤욕을 치렀기에 이제는 자연스럽게 대응했다.

"어떻게 안 되나요?"

"제가 도와드릴 수 있는 일이 없어 죄송합니다. 다음에 방문하시면 다시 구매 가능하세요."

SF-NO.1 밀크는 사용하기에 따라 다르지만 평균 두 달을 사용할 수 있는 분량이다. 아껴서 사용하면 세 달도 사용이 가능했다.

그렇기에 한 달에 1개씩 구매 제한은 직접 사용하는 사람들에게 있어서 충분했다.

"그때도 일 인당 1개 구매 제한인가요?"

"회사 정책이 바뀌기 전까지는 그렇습니다."

"하아! 알겠어요. 정책이 그렇다니 어쩔 도리가 없네요. 다음에 또 올게요."

주한미군이 한숨을 크게 내쉬며 SF-NO.1을 한 개만 구매하고 뒤돌아서야만 했다.

"왜 돈이 있어도 구매를 못 하는 거니?"

"스카이 포레스트 화장품들이 돈 주고도 사기 어렵다고 하더라."

"이 좋은 화장품을 나만 사용해야 하다니, 정말 마음이 아프네. 미국에 있는 가족들에게도 사용하라고 전해 주고 싶어."

"다음 달에 오면 하나 더 살 수 있으니까, 조금 기다려 보자."

"그래."
주한미군 두 여성이 잔뜩 힘 빠진 모양새로 걸어갔다.
그때였다.
깔끔하게 차려입은 젊은 여인이 두 사람의 옆으로 다가섰다.
"우연히 들었는데 SF-NO.1이 필요하신가요?"
어색한 발음의 영어가 그녀의 입에서 튀어나왔다.
한국 특유의 콩글리쉬였지만 알아듣는 데는 지장이 없었다.
"누구시죠?"
갑작스런 접근에 주한미군 여성들이 경계심을 드러냈다.
"중고 거래를 하는 사람이에요. SF-NO.1을 몇 개 가지고 있어서 팔려고 하는 중이죠."
"정말요?"
"수소문하면 알 수 있을 거예요. 요즘 스카이 포레스트 화장품들 중고 거래가 빈번하게 일어나고 있다는 사실을요. 저 회사 화장품들은 구매하기가 정말 어렵기 때문에 적지 않은 사람들이 중고 시장에서 구하고 있는 실정이랍니다."
"돈이 있어도 구하기 힘든 건 인정이에요. SF-NO.1을 몇 개나 가지고 있나요?"
"일곱 개 있어요."

"가격은 어떻게 되나요?"

"구하기가 무척 힘들어서요. 가격이 조금 높아요."

"말해 보세요."

"3달러는 줘야 해요. 제가 임의로 말하는 게 아니라 중고 시세가 3달러로 형성되어 있어요."

여인이 조심스럽게 이야기했다.

SF-NO.1의 중고 시장이 성대하게 열렸다.

어렵게 SF-NO.1을 구한 사람들 가운데 일부는 웃돈을 받고서 팔아 버렸다.

이런 사람들을 되팔이라고 불렀다.

1인당 구매 개수가 제한되다 보니 웃돈을 주고서라도 SF-NO.1을 구하는 사람들로 넘쳐 났다.

SF-NO.1은 최고의 선물 가운데 하나로 급부상했으니까.

다가오는 추석 선물로 값비싼 굴비보다 SF-NO.1을 원한다는 사람들이 많았다.

SF-NO.1을 부모님에게 주면 효자, 효녀 소리를 듣기도 했다.

"30달러에 일곱 개 모두 구매하죠. 대신 SF-NO.1을 100개 더 구해 주세요. 제가 말한 구매 개수를 사흘 내에 충족시켜 주면 400달러를 드릴게요."

미군 여성이 달러를 꺼내어 내밀며 제안했다.

그녀가 한 달에 받는 월급이 700달러를 약간 상회하는 수준이었다.

400달러 지출은 낭비가 아닌 합리적인 쇼핑이었다.

"할게요. 제가 꼭 구매 개수를 맞춰드릴게요."

여인이 눈빛을 빛냈다.

100달러면 한국 돈으로 무려 65,000환이었다.

SF-NO.1을 팔아서 벌고, 추가로 100달러를 더 벌 수 있으니 무조건 해내야만 하는 일이다.

"400달러에 저도 100개 구매할게요."

옆에 조용히 있던 미군의 친구가 대량 구매에 동참했다.

"믿고 맡겨 주세요. 사흘 뒤에 하늘숲 매장 앞으로 오셔서 저를 찾아 주세요."

엄청난 의뢰를 받은 한국 여인이 결연한 표정을 지었다.

이건 인생을 역전할 수 있는 대단한 돈벌이었다.

많은 한국 여성들이 중고 시장에서 SF-NO.1을 구하기 위해 노력했다.

이런 움직임에 주한미군 여성들이 참전했다.

여인들 사이에 피 튀기는 결렬한 경쟁이 벌어지고 말았다.

그렇지 않아도 국내 공급이 부족한데 주한미군 여성들의 대량 수급까지 들어왔으니, SF-NO.1의 중고 가격이 높이 치솟았다.

직영점 앞에 늘어서는 줄이 더욱 길게 늘어났다.

천 환을 투자해서 SF-NO.1을 구입하면 중고 시장에서 웃돈을 받고 팔 수 있었기 때문이었다.

* * *

"저랑 같이 하늘숲 매장에 가요."
"일거리를 찾아봐야 하오. 거기는 당신 혼자 가시오."
"하늘숲 매장에 가는 게 돈 버는 길이라고요."
"무슨 말도 안 되는 소리를 하고 있는 거요?"
"요즘 주한미군 여자들이 달러를 뿌려 가면서 화장품을 구매하려 혈안이라네요. SF-NO.1을 못 해도 3달러 이상 받을 수 있어요. 그러면 한 개만 팔아도 한 달 월급보다 많은 돈을 손에 쥐는 게 가능하죠."
"그게 정말이오?"
"제가 직접 따라가서 확인했어요."

이득이 확실했기에 발 빠르게 움직이는 사람들이 있었다.

"우리처럼 가난한 사람들이 화려한 하늘숲 매장에 들어갈 수 있겠소? 입장도 하지 못하고 쫓겨날 수 있지 않을까?"

"그건 걱정하지 마세요. 거지조차 무시받지 않는다고 들었으니까요. 누구나 꿈을 꿀 수 있는 권리가 있다고 거기 사장이 직접 이야기했어요."

"차준후 사장이?"

"그 사람이 직접 자신의 입으로 확인시켜 줬어요. 그러나 안심하게 같이 매장으로 가요."

"알겠소."

차준후가 벌인 이야기가 빠른 속도로 퍼져 나갔다.

가난한 사람들에게 소문은 전설과도 같았다.

하늘숲 매장에서 한 여인이 직원에게 모욕을 당했는데, 갑작스럽게 등장한 차준후가 대신 허리를 숙였다는 이야기다.

'누구나 꿈꿀 수 있는 권리가 있다.'

전래동화 금도끼 은도끼에 등장하는 산신령처럼 나타나 SF-NO.1 열 개를 전해 줬다는 소문이 들불처럼 퍼졌다.

화장품을 팔아 거액을 번 여인이 작은 음식점 가게를 개업해서 팔자가 폈다는 확인되지 않는 소문도 뒤따랐다.

하늘숲 매장은 서민들에게 꿈과 희망을 주는 장소로 떠올랐다.

"그런데 우리가 화장품 살 돈이 어디 있소?"

"그동안 모아 뒀던 돈과 주변 지인들에게 빌려서 간신히 이천 환 준비했어요."

"좋소. 해 봅시다."

자정부터 종로 하늘숲 매장 앞으로 달려갔다.

어두운 밤거리를 환하게 밝히고 있는 스카이 포레스트 간판 아래로 벌써부터 많은 사람들이 줄을 서고 있었다.

밤을 세기 위해 이불과 모포 등을 가지고 있는 사람들이 많았다.

* * *

부부가 SF-NO.1을 소중하게 들고 하늘숲 매장 밖으로 나왔다.

"그거 파실 건가요?"

중고 거래상 한 명이 빠르게 두 사람에게 달라붙었다.

"네. 팔려고요."

"제가 구입하죠."

물건은 없는데 찾는 사람은 많았기에 하루가 다르게 SF-NO.1 중고 가격이 올라갔다.

구하기만 하면 돈이 되는 물건이었기에 중고 거래상들은 SF-NO.1 구하는 데 혈안이 되어 있었다.

"얼마 주시려고요?"

"천오백 환 드릴게요."

"됐어요."

여인은 금액을 듣자마자 눈살을 찌푸렸다.

3달러 이상 받을 수 있는데, 천오백 환은 지나치게 후려친 적은 금액이었다.

"천육백 환까지 드리죠. 정말 많이 쳐 드리는 겁니다."

"당신에게 안 팔 거니까, 비켜요."

"어허! 금액이 마음에 들지 않으면 흥정을 해야지, 어디로 가려고 하는 거요?"

거래 상인이 여인의 앞을 막아섰다.

"비키쇼."

남편이 험악한 표정을 지었다.

이득을 눈앞에서 뺏어가려고 하는 상인에게 눈을 부라렸다.

한 푼이 아쉬운 판이다.

최대한 많이 받아야 궁핍한 처지에서 살아남을 수 있다.

"쳇! 팔기 싫으면 말지, 왜 성질이야."

험악한 분위기에 결국 상인이 구시렁거리며 물러서고 말았다.

지켜보고 있던 다른 중년 상인이 잽싸게 달라붙었다.

"3달러와 100환 드리죠."

처음부터 제시할 수 있는 가장 높은 금액을 불렀다.

"정말요?"

여인의 눈이 커졌다.

1달러를 은행에 가면 650환으로 바꿀 수 있는데, 사채 시장에 가면 조금 더 많이 받을 수 있다.

SF-NO.1 화장품 중고 거래 현시세가 2050환이라는 이야기였다.

1000환에 샀으니, 무려 1050환이 남았다.

"여기 있어요. 여보! 당신 것도 넘기세요."

부부는 하늘숲 상점에서 구매했던 SF-NO.1 2개를 모두 중년 상인에게 넘겼다.

"이러면 대체 얼마나 이득을 본 거요?"

"하나에 1050환 이익이니까, 모두 2100환이네요."

"헉! 엄청난 거금이구나."

세상에 이런 장사가 없었다.

SF-NO.1을 사자마자 밖으로 나와 되팔면 무려 배가 넘는 장사를 할 수 있었다.

이건 기적이었다.

"줄 서요."

"내가 먼저 왔어요. 새벽부터 기다리고 있었다고요."

소문이 퍼지기 시작하면서 이득을 챙기려는 사람들이 잔뜩 나타났다.

수많은 사람들이 스카이 포레스트 직영점에 몰려들었다.

"화장품 천 환은 너무 비싸잖아. 스카이 포레스트가 양심이 없다고 생각했어. 그런데 내가 잘못 생각했던 거네."

"알고 보니 저렴한 금액이었어."

시중에서의 가치가 배로 높았기에, SF-NO.1이 비싸다는 이야기는 쏙 들어갔다.

「SF-NO.1 미군을 홀리다!」
「돈이 있어도 구하기 힘든 화장품이 있다. 이제는 외국인들까지 합류하기 시작했다. 그 화장품은?」
「구매하기만 하면 돈이 되는 화장품. SF-NO.1」
「하늘숲 매장 앞에 매일 긴 줄이 만들어진다.」
「그들은 돈을 벌기 위해 스카이 포레스트 직영점을 찾아간다.」

신문 기사로 보도된 내용에 대한민국 전체가 충격에 빠져들었다.

요정

"스카이 포레스트의 화장품들이 잘나간다는 건 알았지만 이 정도로 대단할 줄 몰랐다."
"주한미군들이 산다는 건 그만큼 대단하다는 거잖아."
"잔뜩 구매하고 싶은데, 돈이 없네."
"하늘숲 화장품들은 원래부터 돈이 있어도 사기 힘들어. 그런데 이번에는 특히 더 심해진 것 같아. 주한미군들도 참전했으니까."
한국인들은 대단한 자부심을 느꼈다.
신문들의 머리기사들이 전부 SF-NO.1으로 채워졌다.
SF-NO.1의 수요가 차준후의 예상을 월등히 뛰어넘었다.
그리고 각종 부작용들도 나타나기 시작했다.

"아악! 소매치기당했어. 품속에 넣어 뒀던 내 돈이 사라졌어요."
"아뿔싸! 내 옷도 찢어져 있네."
"경찰 불러 주세요. 여기에 소매치기범이 있어요."
하늘숲 매장 앞 인도에 소매치기들이 득시글거렸다.
많은 현금을 가지고 있는 사람들이 밤을 지새우고 있으니, 소매치기범들에게는 최고의 영업 장소였다.
"이제부터 하늘숲 매장 앞 인도는 우리 동대문 낙화유수파가 관리하겠소. 여기에서 하룻밤을 보내려면 숙박비 및 보호비를 내야만 하오."
"무슨 말도 안 되는 소리! 종로 일대는 우리 화랑동지회가 차지하고 있는 장소야. 동대문 낙화유수파는 꺼져 버려."
깡패와 건달들까지 나타나서 인도를 차지하려고 난리였다.
"근래 스카이 포레스트 직영점 앞 인도가 시끄럽네요. 관리 좀 부탁합니다."
차준후가 종로경찰서에 전화 한 통을 넣었다.
- 알겠습니다. 모조리 잡아 처넣겠습니다.
권력층과 각별한 인연이 있으면서 잘나가는 천재 사업가의 전화를 무시할 수 없는 종로경찰서장이 직접 나서서 인도에서 난리 치는 깡패와 건달, 소매치기들을 잡아넣었다.

경찰들이 수시로 관리를 하고 있었지만, 꿀이 뚝뚝 떨어지는 하늘숲 매장인 탓에 계속해서 범죄자들이 득시글거렸다.

"돈만 벌 수 있다면 별 다는 건 무섭지도 않아."

"교도소에 갔다 오는 건 우리들에게 훈장이나 마찬가지죠."

"가장 돈 되는 것들은 바로 외국인들이야."

소매치기들이 외국인을 대상으로 범죄를 이어 나갔다.

전국에서 난다 긴다 하는 솜씨를 지닌 소매치기들이 종로 일대에서 영업 중이었다.

돈을 잃어버리는 외국인들이 폭발적으로 늘어났다.

특히 피해를 입은 당사자들 가운데에는 주한미군들도 섞여 있었다.

한국인들에 비해 귀한 달러를 잔뜩 가지고 있는 주한미군은 소매치기들의 주된 표적이었다.

* * *

"어떻게든 해결을 해 주시오."

산업 정책국 부국장 홍종오가 스카이 포레스트 사장실에 직접 찾아와서 차준후에게 간곡히 부탁했다.

화장품 하나 때문에 난리가 벌어질지 미처 몰랐다.

새로운 장르를 개척하고 실천하고자 하는 차준후 사장으로 인해 종로 일대가 아주 난리였고, 전국에서 사람들이 몰려왔다.

문제가 생기지 않게 경찰들이 출동하고 있었지만, 수많은 범죄자들을 막는 건 솔직히 무리였다.

"저로서도 근본적인 해결 방법이 쉽지는 않네요."

"다른 건 차치하더라도 주한미군들이 한국 치안이 엉망이라고 지적하고 있소. 주한미군 헌병대가 출동하겠다는 걸 간신히 막았다고 들었소이다."

소매치기들이 돈을 훔치기 위해 주한미군의 옷을 면도칼로 찢어 버렸다.

면도칼은 분명히 흉기였고, 주한미군이 한국인 범죄자에게 위협을 당한 행위로 해석이 가능했다.

주한미군 헌병대가 총을 들고 종로 일대에 나타나도 막을 명분이 없었다.

정부 부처는 이를 아주 심각하게 받아들였고, 차준후와 각별한 인연을 가진 홍종오를 급하게 파견했다.

"수요에 비해 공급이 턱없이 부족하기 때문에 벌어지는 일입니다. 근본적인 원인 해결은 공급을 늘려야 한다는 겁니다."

"그러면 어떻게 해야 하는 것이오?"

"간단합니다. 공급을 대폭 늘리면 됩니다."

"그럼?"

"화장품 재료를 넉넉하게 배정해 주세요. 재료가 부족해서 자동화시설이 놀고 있습니다."

"음! 알았소."

홍종오가 시원하게 부탁을 받아들였다.

사실 차준후의 말대로였다.

부족한 외화 때문에 사치품인 화장품 원료를 제한하고 있었지만, 주한미군과 문제가 생기는 게 정부에서는 더 큰 일이었다.

스카이 포레스트에 오기 전 이미 상당한 재량권을 받고 온 상태였기에 부탁을 들어주는 데 큰 무리가 없었다.

"주한미군에 한해서 줄을 서지 않아도 빠르게 매장에 들어올 수 있도록 배려하겠습니다. 그러면 소매치기들에게 노출될 시간이 줄어들어, 범죄 피해자가 크게 줄어들 겁니다."

차준후가 대책을 내놓았다.

대한민국을 수호하기 위해 피 흘린 주한미군을 우대하는 정책을 내놓았다.

개인적으로 계속 주한미군들도 줄을 세우고 싶었는데, 홍종오가 간곡하게 대책을 마련해 달라고 이야기하니 어쩔 수 없었다.

"고맙소, 그리고 부탁하고 싶은 일이 더 있소이다."

"말씀하시지요."

"추가되는 화장품들을 미군들에게 넉넉하게 넘겨주면 좋겠습니다. 그쪽에서 화장품 구하는 게 너무 어렵다면서 툴툴거리고 있어서."

"알겠습니다. 추가 생산품의 일정량을 미군을 비롯한 외국인들에게 넉넉히 판매하겠습니다."

나쁘지 않은 이야기였기에 차준후가 곧바로 동의했다.

화장품 원료 공급에 아주 큰 역할을 해 준 주한미군을 충분히 배려해 줄 수 있었다.

"이왕이면 달러로 받았으면 좋겠소."

달러를 수급하기가 너무 어려운 실정이다.

해외에서 필요한 물품을 사 오기 위해서는 달러가 필요했는데, 국내에는 달러 잔고가 말라 가고 있었다.

그 와중에 주한미군들이 화장품 구매를 위해 달러를 펑펑 사용하고 있었다. 아주 많은 금액은 아니었지만 그래도 없는 것보다는 나았다.

중고 거래를 통해 유통되는 달러는 대부분 은행으로 들어가지 않고 사채시장에서 유입된다.

은행보다 높게 쳐주고 있었으니, 일반인들 입장에서는 자연스럽게 사채시장을 찾는 것이다.

"매장에서 미군들이 2달러에 구매할 수 있도록 조치하겠습니다."

차준후가 말했다.

보통 달러로 물건을 구매하면 가격을 낮춰 준다.
그런데 하늘숲 매장에서는 거꾸로 더 비싸게 받겠다고 이야기한다.
달러를 받고 파는 금액은 전적으로 사장의 마음에 달려 있다.
이른바 고무줄 가격이다.
호구처럼 보이면 옴팍 바가지를 씌우고, 깐깐한 고객에게는 정가를 받는 상인들이 적지 않다.
권장 가격은 아직까지 없었으니까.
사람에 따라서 조금 비싸게 받는 게 용인되는 시기다.
국내에 가격을 흥정하는 문화가 생긴 데에는 이런 이유가 컸다.
"실례일 수도 있겠지만 달러를 은행에 입금해 주시면 고맙겠습니다."
"당연한 말씀입니다. 달러 전액을 은행에 입금하겠다고 약속드리죠."
차준후가 시원시원하게 응했다.
이득을 보기 위해 사채시장에 달러를 유통시킬 마음에 애당초부터 없었다.
"확실히 차준후 사장님은 다른 사업가들과 다르네요."
홍종오가 환하게 웃었다.
대한민국을 풍요롭게 하는 데 앞장서는 사업가를 만난

다는 것은 반갑고 가슴 벅찬 일이었다.

엄청난 세금을 통보받은 그대로 내는 기업가는 그가 알기로 차준후밖에 없었다.

수중에 들어온 달러를 사채시장이 아닌 은행에 순순히 넣으려고 하는 기업가들도 찾아보기 힘들었다.

철학과 소신이 하는 언행마다 진하게 녹아 있다.

"얼마 안 되는 이익을 남기기 위해서 번거롭게 움직일 생각은 추호도 없습니다. 구태여 그렇게 하지 않아도 엄청나게 벌 자신이 있으니까요."

차준후가 호기롭게 말했다.

"하하하! 천재인 사장님께서 대한민국에서 사업을 한다는 게 정말 자랑스럽습니다. 국가를 대신해서 감사하다는 말씀을 드리겠습니다."

정말 대한민국의 축복이었다.

개인의 이득이 아닌 나라를 위해서 정열적으로 헌신하고 있잖은가.

나이를 떠나서, 정부의 녹을 먹고 살아가는 관리로서 감사하고 존경할 따름이었다.

* * *

화장품 원료 공급에 숨통이 트이면서 하늘숲 매장에서

외국인에 한 해 특별히 판매 개수가 10개로 늘어났고, 대한민국의 국방을 일정 부분 책임지고 있는 주한미군의 경우에는 20개까지 가능했다.

정부 부처의 요구사항을 차준후가 성실하게 이행했다.

매장에서 SF-NO.1을 넉넉하게 구매할 수 있게 된 주한미군이 중고 시장에서 철수했다.

"이제 더 이상 중고 시장에서 어렵게 구매하지 않아도 돼."

"편하게 구매하니까, 정말 좋다."

"전쟁을 치르는 기분이었어."

"이제 전쟁 끝이다."

"집에서 편지가 왔는데, 너무 좋다면서 더 구해서 보내 달라고 하더라."

"나도 마찬가지야."

"이러다가 한 달 월급을 모두 화장품 사는 데 써야 할지도 몰라."

"호호호! 이 화장품은 월급 모두를 사용할 충분한 가치가 있어."

하늘숲 매장에 주한미군 여성들을 비롯한 외국인들의 모습이 자주 눈에 띄었다.

스카이 포레스트 숍은 외국인들이 한국에 방문하게 되면 꼭 들려야 하는 관광 명소로 급부상했다.

종로 일대에 있는 관광안내소에 하늘숲 매장의 안내도가 배치됐다.

외국인들의 폭발적인 증가에 외국어를 할 수 있는 점원들의 숫자도 대폭 늘어났다.

대량으로 SF-NO.1이 풀리고, 주한미군까지 자취를 감추게 되자, 자연스럽게 중고 거래 시세가 낮아졌다.

하늘숲 매장 앞에 길게 늘어섰던 줄이 점차 줄어들었다.

그렇지만 SF-NO.1 중고 시장이 완전히 사라진 것은 아니었다.

일본을 오가는 보따리상들이 SF-NO.1을 일본에 가지고 가서 팔기 시작했다.

찾는 사람들이 종종 있었지만 한국산 화장품이라며 천대를 받았기 때문에 판매가 시원치 않았다.

* * *

"먼저 퇴근합니다."

저녁 6시가 되자, 차준후가 스카이 포레스트를 나섰다.

다른 직원들은 한 명도 빠지지 않고 8시까지 야근하기로 되어 있었기에 홀로 가장 먼저 퇴근했다.

공터에 포드 차량 한 대가 서 있었다.

얼마 전에 구한 스카이 포레스트의 사장 전용 차량이었다.
"오셨습니까?"
기다리고 있던 민평진이 넙죽 허리를 숙였다가 곧바로 차량 뒷문을 열었다.
택시 기사였다가 스카이 포레스트에 차준후 운전기사로 취업했다.
"이러실 필요 없다니까요."
"제가 간절히 하고 싶어서요."
"알았습니다. 미리내 요정으로 가시면 됩니다."
"알겠습니다. 편안하게 모시겠습니다."
차준후가 뒷좌석에 몸을 묻었다.
확실히 미국 포드 차량이 시발택시보다 편하고 아늑했다.
포장되지 않은 길을 지날 때에도 충격을 부드럽게 해소시켜 주었기에 육체가 편안했다. 몸을 아늑하게 잡아 주는 시트도 훌륭했다.
흔들리지 않는 편안함이라고 할까?
침대 광고와 비슷한데, 전직 택시 기사인 민평진의 운전 솜씨가 그만큼 훌륭했다.
운전 면허를 쉽게 취득한 차준후였지만 서울을 돌아다닐 때는 택시나 운전기사가 딸린 포드 차량을 이용했다.
1960년대 장소를 제대로 알지 못한 탓이다.

그리고 다른 사람이 운전해 주는 차량을 타고 다니니까 편했다.

 돈 많은 사업가들이 운전기사를 고용한 걸 이해하게 됐다.

 "도착했습니다."

 간판도 달려 있지 않는 한옥이었다.

 이곳이 요정인 줄 모르면 찾아오기도 쉽지 않아 보였다.

 "여기가 미리내 요정인가요?"

 차에서 내리자마자 미리 대기하고 있던 한복 입은 여인이 차준후에게 다가섰다.

 "차준후 사장님이시죠. 안내해 드릴게요."

 곱상한 여인이 걸을 때마다 한복의 자그락거리는 소리가 듣기 좋았다.

 "여기입니다."

 차준후가 동떨어진 별채로 안내를 받았다.

 "감사합니다."

 문을 열고 들어서자, 고풍스러운 방 안에는 한껏 꾸민 차림의 이하은 기자가 앉아 있었다.

* * *

 "어서 오세요."

 "기자님 덕분에 요정도 오게 됐네요."

"여기 음식 아주 잘한다고 소문이 자자해요. 조선 황실 주방에서 일했던 숙수에게 배운 요리사가 있기도 하고요."

"오늘 제 입이 호강하겠군요."

요정에서 아주 환상적인 요리를 대접하겠다는 이야기를 듣고 나온 자리였다.

서울에 이런 요정이 있는지조차 몰랐다.

"대현그룹 회장님을 비롯해서 정관계 사람들이 즐겨 찾는 요정이에요. 오늘 하루 별관 대여를 하는데 아주 힘들었어요."

이하은은 취재비를 편집장에게 거하게 뜯어내서 미리내 요정 별채를 대여했다.

그동안 특종을 받아먹기만 하고 한 번도 베풀지 않았기에 오늘 톡톡히 신세를 갚을 셈이었다.

일개 기자가 서울에서 잘나가는 미리내 요정의 별채를 빌리는 데에는 어려움이 많았다.

처음에 신분을 밝히고 별채를 요청했지만, 미리내에게 거절당했다.

약속 상대가 스카이 포레스트의 차준후라는 걸 밝히자, 거절은 단번에 승낙으로 바뀌어 버렸다.

요정은 얼마나 귀한 분을 모시느냐에 따라 급이 결정되기도 했다.

서울의 수많은 요정들은 세간의 집중을 받고 있는 차준후 모시기에 혈안이 되어 있었다.
　정작 당사자는 전혀 관심이 없었지만.
　"사장님을 뵙게 되어 영광입니다. 미리내 요정의 조효원이라고 합니다. 이제부터 사장님을 옆에서 모시겠어요."
　새하얀 피부의 미녀가 모습을 드러냈다.
　고운 얼굴의 여인은 이십 전후로 보였는데, 그녀의 시선이 차준후에게 꽂혀 있었다.
　나긋나긋하게 걸을 때마다 한 송이 꽃이 움직이는 듯했다.
　"음식은 언제 나오는 거죠?"
　차준후에게 아름다운 여인은 안중에도 없었다.
　요정에 온 건 아름다운 여인을 보러 온 것이 아닌 조선 황실의 요리를 맛보기 위함이었다.
　"네?"
　조효원이 황당한 표정을 지었다.
　미리내 요정의 여성들 가운데 가장 아름답다고 평가받는 세 명 가운데 한 명이 바로 그녀였다.
　스카이 포레스트의 차준후가 방문했다고 들었기에 한껏 치장을 하고 나섰다.
　남자들의 관심을 한 몸에 받고 있는 그녀가 음식에게 밀리다니, 있을 수 없는 일이었다.

"배가 고프네요. 음식 부탁합니다."

평소보다 저녁 식사가 늦었기에 차준후가 원하는 걸 거침없이 요구했다.

"음식을 들이세요."

조효원이 나지막이 말하자, 준비되어 있던 상이 통째로 실내로 들어왔다.

"긴히 할 이야기가 있으니, 자리를 비켜 줬으면 합니다."

옆자리에 여자를 앉히고 밥 먹는 것이 불편한 차준후가 말했다.

"제가 옆에서 식사 보조를 해 드릴게요."

"마음 편하게 식사하고 싶네요. 옆에 누가 있으면 불편해하는 성격입니다."

"이야기가 끝나면 불러 주세요. 대기하고 있겠습니다."

철벽을 치는 차준후 앞에서 조효원이 결국 물러나고 말았다.

그런 모습을 이하은 기자가 재미있게 감상했다.

'요리에 밀린 절세 미녀라? 굴욕스런 장면이네.'

요정에서 잘 나간다는 미녀가 차준후에게 적극적인 접근을 하고 있는데, 정작 당사자인 차준후는 요리에만 꽂혀 있었다.

"식사합시다."

차준후가 젓가락으로 산해진미를 들어 입으로 가져갔다.

"맛있네요. 여기에 오기를 잘했어요. 좋은 음식점을 소개시켜 줘서 고맙습니다."

"사장님에게 미리내는 요정이 아닌 음식점이군요."

"음식점이라면 모를까, 요정으로 찾아오고 싶은 생각은 없네요."

식사를 마친 다음에는 곧바로 귀가할 작정이다.

"술이라도 한잔할까요?"

"아니요. 술은 됐습니다."

저녁을 먹기 위해서 온 것이었기에 차준후가 이하은과의 술자리를 거부했다.

맛있게 식사하고, 가볍게 헤어질 자리였다.

이하은에게는 오늘의 만남은 감사를 표하는 자리이자 특종을 뽑을 수 있는 기회이기도 했다.

그걸 알기에 월간천하 편집장이 거액의 취재비를 지원해 줬다.

"SF-NO.1의 매출이 빠르게 올라가고 있습니다. 축하드려요."

그녀가 식사와 함께 인터뷰를 시작했다.

"감사합니다."

"빠른 매출 원인이 뭐라고 생각하세요?"

"노화 방지를 위한 화장품을 세계 최초로 출시했기 때문입니다."

나이 든 여성의 최대 관심사가 바로 노화 방지다.

아니다.

나이를 불문해서 모든 여인의 관심사다.

SF-NO.1은 대한민국 여성들의 관심을 폭발적으로 받을 수밖에 없었다.

"일각에서는 가격이 너무 사악하다는 말이 있는데요. 어떻게 생각하세요?"

"SF-NO.1의 가격은 천 환입니다. 지나치게 고가로 받아들일 수 있는 여지가 충분하죠."

차준후가 인정했다.

SF-NO.1을 자유롭게 구매해서 사용할 수 있는 고객층은 한정적이었다.

모은 돈으로 SF-NO.1을 구매해야 하는 여성들을 중심으로 볼멘소리가 튀어나올 수밖에 없었다.

심하게 말해서 SF-NO.1을 구매하려고 집안 기둥을 뽑아내는 셈이었다.

"고가로 인해 매출이 줄어들지 않을까 걱정되는 부분이 있으실까요?"

"매출이 줄어들 기미는 보이지 않습니다. 지속적으로 올라가고 있습니다."

"가격은 왜 천 환으로 정했는지?"

"사실 천 환도 적은 가격이라고 생각합니다. 국민들을

생각해서 낮춘 가격이죠."

"네?"

이하은의 눈동자가 커졌다.

예상했던 이야기와 너무나도 다른 이야기였기 때문이다.

"SF-NO.1은 이름에서 알 수 있듯 해외 수출을 염두에 두고 개발한 세계 최초의 기능성 화장품입니다. 해외 수출 가격은 미화로 20달러입니다."

"20달러라고요? 환율이 650환으로 알고 있어요."

"맞습니다. 한화로 치면 13,000환이죠."

"가격 차이가 13배나 되네요. 해외 수출 가격을 들으면 고가라는 볼멘소리가 확 줄어들겠네요."

"대신 해외 고객들이 비싸다며 볼멘소리를 하겠죠. 대신 수출품은 고급 제품으로 출시할 예정입니다."

대한민국의 성장은 수출에 달려 있다.

미래에서 왔기에 차준후는 이런 사실을 누구보다 잘 알았다.

"고급 제품으로요?"

처음 듣는 이야기에 이하은이 집중했다.

'엄청난 취재비를 동원한 보람이 있어.'

좋은 기삿거리라는 기자의 촉감을 강하게 받았다.

"SF-NO.1은 애초 일반과 고급, 두 등급으로 기획됐습니다. 일반은 국내용이고, 고급은 해외 수출용입니다. 국내용은 해외 수출을 할 생각이 없습니다. 어디까지나 국내 고객 한정품이죠."

차준후가 SF-NO.1의 기획 의도와 수출 계획에 대해서 알려 줬다.

조선의 황제가 먹었던 산해진미는 확실히 맛이 좋았다.

맛을 음미하면서, 기자의 인터뷰에 착실하게 응했다.

"국내를 생각해 주신 거군요."

"국내 구매 고객들의 부담을 줄일 수 있다면 좋겠습니다."

"수출 가격을 알게 되면 외국에 비해 배려를 해 줬다는 사실을 확실히 느낄 거예요."

누가 봐도 비정상적일 정도로 일반과 고급의 가격 차가 상당했다.

수출 가격이 극단적으로 높고 사악했다.

"일반품의 가격을 알게 되면 해외 구매 고객들의 반발이 있지 않을까요?"

주한미군이 2달러에 구매하고 있는 일반품의 상당 부분이 미국으로 넘어가고 있었다.

20달러라는 가격은 저항을 불러오기에 충분했다.

"싫으면 구매하지 않으면 됩니다. 20달러가 해외에서는 비싼 가격이 아닙니다. 그리고 해외 기업들은 자국보다 고가로 우리나라에 물건을 수출하는데, 왜 우리는 비싼 가격으로 수출하면 안 됩니까?"

차준후가 당당하게 고가 수출이라는 걸 드러냈다.

낮은 가격의 수출은 제 살 깎아 먹기였다.

저가 수출로 외화를 벌어들이고, 그 손해를 국내에서 메운다는 건 상당히 좋지 않은 정책이다.

기업의 손해를 왜 국민들이 메워야만 하는가?

차준후는 그런 꼴을 보고 싶지 않았다.

현재도 우리나라의 거의 모든 기업들이 저가로 수출에 도전하고 있었다.

스카이 포레스트는 그런 정책을 과감히 거부했다.

명품은 결코 낮은 가격으로 수출되지 않는다.

저가로 수출할 바에는 아예 폐기 처분할 작정이었다.

"고가로 해외 수출 장벽을 돌파하겠다는 뜻인가요?"

"그런 의미도 분명히 있습니다. 그리고 명품은 가격을 따지지 않습니다."

명품의 파괴력은 가격에 따라 크게 좌우되지 않는다.

높은 가격은 명품의 자존심이기도 하다.

"해외에 정말 고가로 수출되면 그 파급 효과가 적지 않겠네요."

국내에서 외국으로 수출되는 품목들은 광물 자원과 저가의 섬유제품이 거의 전부였다. 이런 상황에서 고가의 화장품 수출은 많은 여파를 줄 게 확실하다.

"오늘 심층 인터뷰를 해 주셔서 감사해요."

괜찮은 기사를 뽑아낼 수 있을 것 같은 이하은이 함박웃음을 지었다.

몇 차례에 걸쳐서 월간지와 일간지에 기사를 작성해 올릴 수 있을 것만 같았다.

"회사의 입장을 알릴 수 있는 좋은 기회였습니다."

차준후가 말했다.

1960년대로 날아와 오랜 시간에 걸쳐 준비한 신제품 SF-NO.1에 대해 제대로 밝혔다.

사실 국내 시장에 대한 관심은 크게 없었다.

워낙에 고가의 제품이었기에.

국내가 아닌 해외를 보고서 개발한 제품이 바로 SF-NO.1이다.

그 사실을 보기 좋게 포장했다.

차준후가 미리내 요정에서 식사를 맛있게 하고 발걸음도 가볍게 차를 타고 귀가했다.

* * *

조효원이 한복을 벗어 던지고 몸에 달라붙는 원피스로 갈아입었다.

전신거울을 보자 요염하면서 굴곡진 몸매가 고스란히 드러났다.

남자라면 누구나 시선이 꽂힐 수밖에 없는 아름다운 몸매였다.

"내 매력으로 유혹하고 말겠어."

그녀는 기린아인 차준후에 대한 관심이 많았다.

귓불에 반짝거리는 귀걸이를 바꿔 달면서 미모를 더욱 뽐내기 위한 치장에 나섰다.

수수했던 모습에서 도발적인 미녀로 변신해 나갔다.

"언니."

별채에서 일하는 일꾼이 잰걸음으로 대기실로 달려왔다.

"차준후 사장님이 드디어 나를 찾으셨어?"

"아니요. 그분 돌아가셨어요."

"뭐라고? 아무 말도 하지 않고 가셨어?"

"맛있게 잘 먹고 돌아간다는 말을 주방장님께 남기셨는데요. 그 말이 전부였어요."

"요정에 진짜 밥만 먹으러 온 거야?"

조효원이 황당한 표정을 지었다.

요정에 와서 밥만 먹고 돌아가는 남자라니, 적지 않은 세월 동안 화류계에 몸담고 있는 그녀로서도 처음 보는 유형의 남자였다.

남자들만의 비밀스런 사업 이야기를 하면서 여자들을 끼워 질펀하게 노는 장소가 바로 요정이었다.

조효원이 짧게나마 보았던 차준후의 모습을 뇌리에 떠올렸다.

"하아! 진짜로 사랑하고 싶은 남자잖아."

차준후는 미리내 요정에 와서도 한 단 번도 노골적으로 여자들을 바라보지 않았다.

요정에서 일하는 아름다운 여자들이 도발적으로 유혹했음에도 불구하고 전혀 흔들림 없이 꿋꿋하게 표정을 유지했다.

"나와는 사는 곳이 너무나도 다른 곳에 있는 남자구나."

그녀가 차준후에 대한 미련을 버렸다.

화류계의 여성이 바라보기에는 너무나도 높은 곳에 있는 차준후였다.

너무나도 잘 났기에 유혹하고 싶은 마음이 물거품처럼 사라져 버렸다.

"그냥 다음에 또 오시면 좋은 손님으로만 모셔야겠다. 그날은 화류계 여자가 아니라 식당 처자나 되어야겠네."

차준후에 대한 파악을 끝마친 그녀가 현명한 선택을 내렸다.

가지지도 못할 별난 사내를 일찌감치 관상용으로 전환시켰다.

"효원아! 효창토건 사장님께서 오셨어."
"네! 나가요."
그녀가 활기차게 대답하면서 대기실을 나섰다.
비록 별난 남자에게는 외면을 당했지만 아름다운 그녀를 찾는 손님은 많았다.

제11장.

방송

방송

「해외 출시 예정 SF-NO.1 고급품 가격 20달러. 국내에만 시판된 일반 등급 SF-NO.1의 저렴한 가격이 매력적이다.」

「SF-NO.1 일반 등급은 한정판이다. 대한민국에서만 구매 가능.」

이하은 기자의 기사가 연속적으로 보도되고 난 뒤, 계속해서 우상향 중이던 SF-NO.1의 국내 매출이 가파르게 올랐다.

보도가 이어질수록 SF-NO.1 판매 수치가 널뛰기하듯 상승했다.

아름다움과 노화 방지에 대한 여성들의 욕구는 값을 매

길 수 없었다.

부유층은 주저하지 않고 지갑을 열었다.

그리고 선물 받고 싶은 제품 1위에 SF-NO.1이 당당하게 올라섰다.

대한민국에서 부를 상징하는 것들 가운데 하나가 원할 때마다 소고기를 마음껏 먹을 수 있는 것이다.

이런 부의 상징에 SF-NO.1을 언제 어느 때나 편하게 구매할 수 있느냐가 새롭게 포함됐다.

"예비 며느리야."

"네, 어머니."

"혼수로 비단금침은 가지고 오지 말거라. 괜히 부피만 차지하고, 나중에는 짐만 된단다."

"남들 눈도 있는데, 빈손으로 갈 수는 없는 노릇이잖아요. 혼수로 뭘 해 가면 좋을까요?"

"두 손 무겁게 해서 SF-NO.1을 가지고 오면 된다. 올케들도 다른 혼수보다 SF-NO.1을 받고 싶다고 했단다."

"알겠어요. 제가 SF-NO.1을 준비해 올게요."

약혼하거나 결혼할 때, 상대 집안에 SF-NO.1을 선물하는 문화가 생겨났다.

시어머니가 이불이나 패물 대신에 SF-NO.1을 사 오라고 이야기하기도 했다.

사람들의 SF-NO.1 사랑은 매출로 확인됐다.

처음 출시됐을 때보다 무려 4배에 달하는 매출 성장이 일어났고, 폭발적인 증가는 지속적으로 이어지고 있었다.

"하! 구매하고 싶다. 그런데 너무 비싸."

"조금만 가격을 낮춰졌으면 좋겠어."

"그런 소리 하지 마. 외국에서는 무려 20달러야 판다고 하잖아. 우리나라 돈으로 환전하면 무려 13,000환이야."

"이야! 국내 가격이 아주 저렴하구나. 그런데 그 저렴한 가격인데도 나는 왜 못 사는 거니."

일반인들에게 SF-NO.1은 악마의 열매로 불렸다.

사악한 가격임에도 가지고 싶을 정도로 매력적이기 때문이었다.

"스카이 포레스트가 한국에 있다는 건 축복이야. 외국 회사라고 생각해 봐. 얼마나 사악한 가격으로 우리나라에 화장품을 수출하겠어?"

"맞는 말이지. 거기 사장님은 정말 우리나라에 있어 축복 그 자체인 거지."

"20대 청년이라고 하던데, 정말 천재다."

"딸만 있으면 사위로 삼고 싶어."

사람들이 스카이 포레스트와 차준후에 대한 이야기를 나눴다.

물론 여전히 SF-NO.1이 고가라면서 고깝게 바라보는 시선이 존재한다.

"아직 수출되지 않았잖아. 수출품 가격이 얼마가 될지는 아무도 모르는 일이야."

"적어도 스카이 포레스트는 한 입으로 두말하는 회사가 아니야. 입 밖에 낸 말을 지키는 곳이라고."

"맞아. 믿을 수 있는 회사지."

해외 수출 가격이 공개되면서 스카이 포레스트에 대한 원색적인 비난이 줄어들게 됐다.

그리고 스카이 포레스트에 대한 불만이 사라지는데 결정적인 사건이 미국에서 벌어졌다.

* * *·

미국 LA의 평범한 주택 가정집.

이 집은 다른 미국 가정들처럼 평범했는데, 특이한 점이 하나 있었다.

군인 신분의 둘째 딸이 아시아의 작은 국가에 파병을 나가 있다는 사실이었다.

"켄나, 십 년은 더 젊어 보이는데."

"정말? 그 말이 사실이었네."

"무슨 일인데? 좋은 거면 나도 알자."

"우리 작은 딸이 아시아에 파병된 건 알고 있지? 며칠 전에 소포를 보냈더라고. 소포에 화장품이 들었는데, 주름을 개선할 수 있는 효과를 가지고 있다고 하더라고."
"그래서?"
"믿기 힘들지만, 어쩌겠어? 딸이 보내 준 화장품을 버릴 수 없어서 직접 사용하고 있어. 그런데 요즘 들어 얼굴이 팽팽해진 느낌이야."
"눈가에 잔주름이 많이 사라졌어."
"내가 거울을 봐도 그런 것 같더라."
"켄나! 화장품 남는 것 있어? 요즘 나도 얼굴 주름 때문에 걱정하고 있잖아."
"한 개 줄까?"
"고마워."
미국 내에서 SF-NO.1의 효과를 직접 체험하는 여성들이 늘어났다.
직접 사용해 본 사람들은 SF-NO.1의 효과에 대해서 감탄했고, 주변 지인들에게 이야기했고, 가지고 있는 SF-NO.1을 선물해 줬다.
"이건 정말 환상적인 화장품이다."
"사용해 봐. 너도 나처럼 신세계를 경험해 볼 수 있을 거야."
미국 내에서 직접 얼굴에 발라보고 판단하는 사람들이 늘어났다.
불과 얼마 전까지만 해도 미국에서 SF-NO.1을 다루는 이야기는 없었다.

안티 에이징, 주름 개선 기능성 화장품이라는 건 듣도 보도 못한 물건이었다.

누구도 이 효과를 확신할 수 없었다.

주한미군 가족들과 친한 지인들에게서 SF-NO.1에 대한 이야기가 서서히 흘러나오기 시작했다.

소문이 조금씩 퍼지나 싶더니 엄청나게 빠른 속도로 확산됐다.

안티 에이징의 뛰어난 효과를 직접 체험하거나 목격한 여성들은 '기존 화장품과 차원이 다르다.'라는 호평을 내놓았다.

"SF-NO.1는 어디서 판매하나요?"

"더 구하고 싶은데, 어디에도 보이지 않아요."

"너무 일찍 알게 됐어. 아직 판매하지 않는 물건이라잖아."

정식 유통이 아니었기 때문에 미국 시장에서 SF-NO.1은 찾기란 불가능했다.

화장품을 원하는 사람들은 늘어나는데, 소포 등을 통해 보낸 SF-NO.1의 물량은 한정되어 있었다. 그렇지 않아도 물량이 적었는데, SF-NO.1을 차지하기 위한 경쟁이 치열해졌다.

"켄나! SF-NO.1 화장품 있어? 내 친구가 20달러에 사겠다고 했어."

"나눠 주다 보니 이젠 내가 사용할 것도 남지 않았어."

"딸에게 편지 보내서 더 구해 달라고 하자."

"그렇지 않아도 벌써 편지 보낸 상태야."

"잘했어."

미국에서 갑작스럽게 화장품 구하기 열풍이 일어났다.

정말 뜬금없이 벌어진 사태였다.

"물건을 구하려면 한국에 가던지, 한국에 있는 지인에게 소포로 받아야만 한다."

"내가 한국까지 비행기 타고 직접 간다."

"더 이상은 기다릴 수 없어. 내 피부를 아름답게 가꾸기 위해서라면 비행기값 정도는 지불할 수 있다고."

성질 급한 사람들은 화장품을 파는 유일한 국가를 향해 직접 움직였다.

시작은 미약했으나 열풍으로 금방 이어졌다.

자연스럽게 사람들의 호기심을 불러일으켰고, 이 사태를 주목하는 방송국들이 있었다.

사람들의 호기심과 관심은 높은 시청률로 이어진다.

* * *

당연히 이런 소식을 듣고서 가만히 있을 방송국들이 아

니었다.

미국 NBC에서는 뉴스의 경제 코너에서 SF-NO.1에 대해서 다루었다.

첨예한 시청률 경쟁을 벌이고 있는 방송계에서는 시청자들에게 화젯거리인 뉴스를 찾아야만 한다.

다른 방송국보다 빠르게 이슈를 선점할 필요가 있었고, 아시아에서 넘어온 SF-NO.1은 딱 알맞은 제품이었다.

뉴스룸이 모습을 드러냈고, 그 안에서 여성 앵커와 여성 기자가 나와서 이야기를 주고받았다.

"오늘은 미국 여성들 사이에서 화제가 되고 있는 SF-NO.1을 이야기해 보려 합니다. 기자님께서도 SF-NO.1을 사용해 보셨나요?"

"네. 사용하고 있습니다. 제가 알고 있기로 앵커님도 사용 중인 걸로 알고 있는데요."

여기자가 웃으며 이야기했다.

"맞습니다. SF-NO.1을 사용해 보니 다른 제품은 사용하지 못하겠더군요. 확실히 SF-NO.1은 대단히 훌륭한 제품입니다."

여성 앵커가 인정했다.

"사용한 사람들은 하나같이 SF-NO.1이 좋다고 말합니다. 너무 좋아서 저 역시 주변 지인들에게 사용을 권장하고 있습니다."

"SF-NO.1은 정식으로 수입이 된 제품이 아닌 걸로 압니다. 알고 있는데요. 어떻게 사용하는 사람들이 늘어나는 겁니까?"

"주한미군과 그 가족들을 통해서 처음 들어오게 되었는데요. 효과를 본 사람들의 입소문이 퍼져 나간 거죠."

"심지어는 주변에서도 SF-NO.1을 구할 수 없겠냐고 문의를 해 올 정도라고 하던데요?"

"맞습니다. 저도 사용해 보고 너무 좋다고 느꼈는데, 정작 미국에서는 구할 방법이 없습니다. 저 역시 주한미군 친구를 통해서 받은 SF-NO.1을 다 사용하기 나니 구할 방법이 없더군요."

"듣기로는 한국으로 가기 위해서는 일본에 먼저 들려야 한다고 하던데요. 그래서 최근 일본행 표도 구하기 어렵다던데, 맞나요?"

"이렇게 비법을 말하기 있나요? 앵커님 때문에 그렇지 않아도 구하기 어려운 티켓이 더 구하기 어려워지겠네요. 선물로 드린 SF-NO.1을 돌려받아야겠어요."

"미안합니다. 사과했으니 제발 다시 가져가지 마세요. 제 피부를 위해 꼭 필요한 화장품입니다. 요즘은 집에 돌아가서 SF-NO.1을 바를 때가 가장 행복한 순간이라고요."

"알겠습니다. 앵커님의 행복을 빼앗지 않을게요."

"기자님의 배려에 감사합니다. 그런데 왜 한국으로 가는데 일본행 비행기를 타야 하나요?"

"한국으로 가는 직항노선이 없기 때문입니다."

"참으로 안타까운 사안이군요. 비행기표는 쉽게 구했나요?"

"제가 갈 때는 쉬웠습니다. 일본으로 향하던 비행기에는 빈 좌석이 많았으니까요. 그런데 SF-NO.1의 유명세가 퍼지면서 요즘은 일본행 비행기가 만석을 이룬다고 들었습니다."

"화장품 하나 사기가 정말 어렵네요. 제작사에서 미국 출시 계획은 없다고 합니까?"

앵커로서의 질문인 동시에 화장품 사용자로의 사심을 담은 물음이었다.

"제작사인 스카이 포레스트에서는 미국 현지에 법인을 설립할 계획이라고 합니다. 그리고 현재 미국에 수출하기 위해 FDA 승인을 기다리고 있다고 합니다."

여기자가 스카이 포레스트의 청사진을 밝혔다.

FDA.

미국 보건후생부의 산하 기관이다.

미국 내 생산품과 수입품들에 대한 효능과 안전성을 주로 관리하는 독립된 행정기구로, 화장품은 FDA의 기준을 충족해야만 시판이 가능하다.

"관심을 가지고 있는 시청자들이 많을 텐데요. 조금 더 자세히 설명해 주시겠습니까?"

미국 내에서 SF-NO.1에 대한 관심이 늘어나는 추세였다.

그렇기에 다른 방송국에 SF-NO.1 첫 방송을 빼앗기지 않기 위해 부랴부랴 방송에 내보내는 것이기 때문에 한국에 대한 정보가 부족할 수밖에 없었다.

그래서 한국이 아닌, 미국 내부의 이야기를 중점적으로 다루었다.

"처방 없이 제품을 판매할 수 있도록 하는 인허가 절차가 있습니다. FDA OTC라는 제도입니다. OTC는 OVER THE CONUTER의 약자로 일반 의약품을 의미합니다. 쉽게 말해서 안전하고 유효성이 입증된 의약품을 인증해 주는 것이죠. 대표적인 제품들로는 썬크림, 비듬 샴푸, 탈모 샴푸, 손소독제 등이 있습니다. 우리 미국에는 기능성이라는 화장품 품목이 없습니다. 신체 기능 개선을 의미하는 안티 에이징 효능을 가지고 있는 SF-NO.1은 FDA OTC에 승인을 신청해 놓았고, 지금 심사 대기 중에 있는 겁니다."

* * *

"화장품이 아닌 일반 의약품 OTC 제품으로 등록을 해야 한다는 말씀이군요."

"그렇습니다. 화장품이면서 노화 방지를 할 수 있는 일반 의약품인 셈입니다."

여기자가 SF-NO.1에 대한 정의를 시원하게 알려 줬다.

"잘 들었습니다. 지금 FDA 심사는 어느 단계에 있다고 하던가요?"

앵커가 진짜 궁금하다는 표정으로 물었다.

앵커이기 이전에 그녀도 피부를 크게 신경 쓰고 있는 한 명의 여성이었다.

강렬한 조명 아래 오랜 시간 방송하기 때문에 피부에 더욱 신경을 써야만 했다.

"FDA는 라벨과 표기되는 내용에 무척 민감합니다. 처음 접하는 안티 에이징이라는 효능에 지금 규격에 맞는 라벨을 검토하고 있다고 내부 소식통을 통해 전해 들었습니다."

"소비자들이 가장 궁금해하는 것들 가운데 하나가 최종 승인이 언제쯤 이뤄지냐는 것이겠는데요. 상점에서 돈을 지불하고 편하게 구매할 수 있는 날이 언제로 예상합니까?"

"FDA는 필요하다고 판단되면 감사를 할 수도 있습니다. 이번 경우가 특별하다고 판단한 FDA는 대한민국 제작사인 스카이 포레스트에 직원들을 파견해서 현지 감사를 시행하겠다고 밝혔습니다."

"SF-NO.1의 미국 시장 진출을 막겠다는 건가요?"

"아닙니다. SF-NO.1 제품은 의약품 성격을 지니고 있기 때문에 수준 높은 감사를 하겠다는 뜻입니다."

"FDA의 감사를 준비한다는 건 쉽지 않은 일이라고 알고 있습니다."

"제대로 알고 계시네요. 미국 기업들도 FDA OTC 기준을 충족시키지 못해 탈락하고는 합니다. 솔직히 가난한 대한민국의 화장품 업체가 이 기준을 통과하기란 만만치 않다고 판단됩니다."

"어렵고 힘들겠지만 SF-NO.1이 FDA OTC를 통과했으면 좋겠습니다. 하루라도 빨리 SF-NO.1이 현지 판매점에서 구입할 수 있는 날이 오기를 기대합니다."

NBC의 월드 뉴스에서 SF-NO.1에 대한 대단한 호평을 내놓았다.

대한민국 기업에서 FDA OTC를 통과한 적은 역사 이래 단 한 번도 없었다.

기업이 단독으로 화장품의 성분을 확인해야 하고, FDA 빡빡한 기준을 맞춘다는 것도 어려웠다.

그러나 차준후는 FDA 빡빡한 기준과 감사에 대해 잘 알고 있었다. 라벨 검수부터 코드 발급, 감사 준비까지 아주 흰했다.

 화장품 성분표를 토대로 활성화 성분 및 비활성화 성분을 확인하고, 기준에 부합하는지를 서류로 이미 완벽하게 준비해 뒀다.

 대한민국 기업들에게는 어렵고 힘든 과정이지만 차준후에게는 익숙하고 편안한 일이었다.

* * *

 NBC의 경쟁업체인 CBC 방송국 미용 방송 프로그램에서 바로 이튿날 차준후와 인터뷰한 내용을 단독 보도했다.

 첫 방송은 비록 NBC에 빼앗겼지만, 시청률 자체와 시청자들의 관심은 CBC 프로그램이 더욱 높았다.

 첫 방송을 비록 NBC에 빼앗겼지만, 화장품을 직접 개발한 차준후와의 인터뷰는 미국 내 시청자들을 많이 끌어모았다.

 "대한민국에서 SF-NO.1을 개발한 회사의 사장님을 만났습니다. 인터뷰를 보시죠."

 보도실을 가리키고 있던 화면이 바뀌었다.

 스카이 포레스트 응접실의 모습이 화면에 나타났고, 그 안에 기자와 차준후가 보였다.

"안녕하세요. CBC 기자 켈리 마리아입니다."

"반갑습니다. 스카이 포레스트 사장 차준후입니다."

유창한 영어 발음이 텔레비전에서 흘러나왔다.

차준후의 영어는 미국 현지인이 말하는 것처럼 아주 듣기 편했다.

"SF-NO.1을 직접 개발했다고 들었는데요."

"맞습니다. SF-NO.1은 제가 처음부터 끝까지 만든 제품입니다."

"안티 에이징이라는 놀라운 효능을 지닌 화장품을 세계 최초로 만들어 내셨어요. 사용해 보고 직접 그 효능을 체험해 보고 있습니다. 한 명의 여성으로 감사하단 말부터 드리고 싶어요."

"우리 회사 제품을 이용해 주셔서 감사합니다."

"SF-NO.1이 시중에서 대단한 인기를 끌고 있습니다. 세계로 수출이 되면 판매가 엄청나게 될 것이라고 보이는데, 어떻게 생각하시나요?"

"마땅히 그렇다고 생각합니다. 세계 최초 안티 에이징 상품이고, 여성들은 아름다움을 누릴 권리가 있으니까요."

"아름다움을 누릴 권리가 있다? 정말 멋진 표현입니다. 파급력이 엄청나겠어요."

"미국만 단독으로 봐도 화장품을 구매하는 여성이 수

천만 명입니다. 여성들의 필수품이 될 수 있도록 노력하고 있고, 그걸 실천해 나가려고 하고 있습니다."

"SF-NO.1 프리미엄을 수출한다는 정보를 접했는데, 가격이 20달러라고 들었습니다. 맞나요?"

"현재 계획으로는 그렇습니다."

"현재 판매되고 있는 제품과는 가격 차이가 있는데, 해외 고객에 대한 차별로 느껴질 수도 있을 것 같습니다."

"프리미엄 제품은 국내에서 판매되는 제품보다 뛰어난 효능을 가지고 있지만, 차별이라고 받아들일 수도 있겠군요. 그래도 그 정책을 바꿀 생각은 없습니다. 전 차별이 아니라고 생각하고 있기 때문입니다."

"단순한 주장입니까?"

"스카이 포레스트의 상품들은 명품을 추구하고 있습니다. 최빈국인 국내 환경을 고려하여 국민들에게 가격적 혜택을 주고 있는 이유는 엄청난 고가일 경우 구매할 사람들이 적기 때문이죠. 국내 환경을 고려한 가격인 겁니다. 이 가격대 화장품을 원한다면 대한민국으로 방문하여 구매하세요. 해외의 경우에는 명품에 어울리는 가격을 책정했고, 그게 싫으면 구매하지 않으면 됩니다. 단순한 주장이 아니라 확고한 회사의 정책인 겁니다."

차준후의 말에는 거침이 없었다.

"명품에 어울리는 가격이 필요하다는 말씀이네요."

"명품 그 이상의 명품을 추구합니다. SF-NO.1은 세계 최고입니다."

"최빈국인 대한민국에서 세계 최고의 화장품이 나왔다는 건 정말 대단한 일입니다. 기적이라고 볼 수 있겠어요."

"제가 있기 때문에 가능한 일입니다."

CBC의 차준후 인터뷰 보도는 엄청난 파괴력을 일으켰다.

오만하다고 느껴질 정도로 자신만만한 젊은 차준후의 발언은 시원시원했다.

"미국에서 안티 에이징 화장품의 선풍적인 인기 조짐이 감지되고 있습니다. 화장품 연구소들과 대학교 실험실에서는 SF-NO.1의 연구가 한창이기도 하고요."

안티 에이징 화장품이라는 분야가 차준후에 의해 새롭게 만들어졌다.

미국내 화장품 업계들은 갑작스럽게 등장한 안티 에이징 화장품에 기겁했고, 부랴부랴 연구에 나섰다.

첨담 시설과 장비들로 꾸며진 연구소에서 수많은 연구원들을 동원하여 SF-NO.1을 낱낱이 파헤치고 있었다.

"선두주자가 혁신적인 제품을 내놓으면 후발 주자들은 복제품을 만들어 내기 마련입니다. 따라올 테면 따라오라고 하십시오. 격차가 무엇인지 보여 줄 수 있으니까요."

차준후는 경쟁이 결코 두렵지 않았다.

특허를 우회하거나 피해서 비슷한 안티 에이징 화장품을 만들어 내는 업체가 나오는 건 기정사실이었다.

그리고 업체가 뒤따라오면 훨씬 더 뛰어난 새로운 화장품을 제작하면 그만이었다.

"SF-NO.1의 개발자가 보여 주는 격차가 무엇인지 정말 궁금하네요."

"제품으로 보여드리죠."

차준후는 자신만만했다.

미국의 유명한 두 방송국을 통해 스카이 포레스트와 차준후에 대한 방송이 보도됐다.

애초부터 영어 이름으로 회사명과 화장품들을 출시했기에 미국 방송국에서 보도해도 시청자들이 쉽게 받아들였다.

1960년대 대한민국에서 영어명을 고집한 차준후의 선견지명이 빛을 발했다.

방송 이후, 미국 내 화장품 업체들의 주가가 소폭 하락하는 기현상이 벌어졌다.

그중에서도 피부에 바르는 화장품을 중점적으로 생산하는 회사들의 하락이 두드러졌는데.

SF-NO.1이 정식으로 출시되면 업체 간의 경쟁으로 인해 불확실성이 증가한다는 게 전문가들의 의견이었다.

경기 호황 속에서 최고의 실적을 올리고 있는 화장품 업체들이 갑작스럽게 등장한 차준후 때문에 곤혹을 치러야만 했다.

방송의 힘은 그야말로 엄청났다.

방송을 시청한 미국 여성들의 SF-NO.1에 대한 관심이 그야말로 폭발했다. 시청하지 못한 여성들도 입소문을 듣고 그야말로 SF-NO.1을 구하는데 혈안이 되어 버렸다.

미국 현지에서 구하지 못하자, 일본으로 향하는 비행기 표를 구하려는 여자들의 경쟁이 치열해졌다. 일본을 거쳐 한국으로 들어오는 미국 여성들의 평소보다 급격하게 늘어나 버렸다.

스카이 포레스트의 미국 진출이 초읽기에 들어갔다.

* * *

"텔레비전에서 지금 사장님이 나오고 있어요."

휴게실에 있던 직원 한 명이 사장실에서 헐레벌떡 뛰어와서 보고했다.

"어디에서요?"

"주한미군방송인 AFKN에서 사장님이 미국 방송국과 인터뷰했던 내용이 나와요."

"고마워요."

종운지가 재빨리 움직여서 TV를 켰다.

AFKN은 1957년 TV방송을 개국한 주한미군 관할 방송국이다.

미국 전역의 TV 외주제작사로부터 군 방송용으로 영상 자료를 기증받아 이들 중에서 선별하여 방송국에서 내보낸다.

미군 8군 영내에 방송국이 있으며, 최근 경기도 오산기지에 네트워크 기지를 신설하면서 방송 전송 지역을 크게 확대시켰다.

서울과 경기도 일대 등 상당히 넓은 지역에서 AFKN 시청이 가능했다.

미국 특유의 재미있고 선정적이면서 폭력적인 상업영화를 자주 방송하였기에, 영어를 할 줄 모름에도 불구하고 불법 시청을 하고 있는 한국인들이 상당히 많았다.

'기생충'이란 영화를 만든 봉만호 감독이 어린 시절 주한미국방송을 보면서 몸속에 영화 세포를 만들었다는 유명한 수상 소감을 밝히기도 했다.

한국인들에게 있어 AFKN은 한국에서 유일하게 시청할 수 있는 제대로 된 방송국이었다.

제대로 방송할 수 있는 국내 방송국이 아직 존재하지 않았다.

한국방송국이 최초로 개국하는 건 1961년이다.

"인터뷰를 하고 가면서 다음 주 정도에 방영될 거라고 하더니, 빨리 내보냈네요."

차준후가 자신의 얼굴이 화면에서 나오는 걸 신기하다는 듯 바라보았다.

CBC 방송국과 NBC 방송국 간의 경쟁으로 인해 방영이 앞당겨졌다는 걸 몰랐다.

"인터뷰를 할 때는 몰랐는데, 화면에서 사장님이 정말 멋있게 나오네요. 직접 보니까, 어떠세요?"

"미국에 돈 한 푼 안 들이고 스카이 포레스트 광고를 제대로 하고 있어서 기분이 좋습니다."

차준후는 미국 방송국에서 왔다는 여인과의 인터뷰를 홍보 차원에서 기꺼이 응했다.

그 결과 미국에서 좋은 반응을 이끌어 낸다면 대만족이었다.

다행히 인터뷰를 한 보람이 있었다.

방송에서는 미국에서 SF-NO.1을 직접 사용한 여성들의 체험 후기와 한국까지 비행기를 타고 날아와서 종로 하늘숲 매장을 방문해 화장품을 구매하는 여성들을 내보내고 있었다.

하늘숲 매장에서 미국인 여성들이 두 손에 가득 화장품들을 가지고 나오며 매우 행복한 표정을 지었다.

CBC 방송국과 NBC 방송국의 방송보도가 끝나면서 화면이 전환됐다.

"사장님, 미국 반응이 대단한가 봐요."

"미국 현지 법인을 설립할 때 직접 가보는 것도 괜찮겠네요."

차준후는 미국 시장 반응이 궁금해졌다.

슈퍼패권을 차지하고 있는 미국에서도 화장품 때문에 한국처럼 난리가 벌어질까?

그 모습을 직접 두 눈으로 보고 싶어졌다.

나오미 캠벨

AFKN을 시청한 한국인들 사이에 난리가 벌어졌다.

미국 방송에 갑작스럽게 한국인 느닷없이 차준후가 튀어나올지 상상도 하지 못했다.

이 당시에 미국 방송국에서 대한민국 화장품과 한국인을 조명한다는 건 대단한 일이었다.

미국 방송에 한국인이 나왔다는 사실만으로 국민들을 흥분시켰다.

사람들의 시선이 방송이 끝날 때까지 TV에 고정되어 버렸다.

"우와! 이제는 국내가 아니라 세계적으로 노는구나."

"수출을 염두에 두고 화장품을 만들었다고 하더니, 진짜로 실현을 시키고 있어."

"정말 대단한 남자다. 존경할 수밖에 없어."

국내가 아닌 수출에 집중하겠다고 처음부터 당당하게 밝힌 차준후의 계획이 미국 방송을 통해 실현되고 있다는 걸 사람들이 알게 됐다.

"미국인들도 SF-NO.1 사랑에 빠졌구나."

"하늘숲 매장에서 나올 때 행복해하는 표정 봤어? 한국 아줌마들과 똑같더라."

안티 에이징 화장품 사랑에 있어서 국경과 인종의 경계가 무의미했다.

"어쩐지 근래 종로에 금발 외국인들이 많이 보이더라고."

"화장품을 사러 한국까지 오다니 정말 정성이 대단하다."

"대단한 건 외국인들을 불러온 스카이 포레스트 화장품이지."

"가장 대단한 건 차준후란 인물이다. 그리고 그 인물을 보유한 건 바로 대한민국이란 말이지."

"기분이 아주 좋은데, 그런 의미에서 한잔하러 가자."

"좋았어."

술집마다 술꾼들이 스카이포레스트를 칭송하는 목소리가 들려왔다.

명품 매장을 만들겠다는 차준후의 꿈이 한국인들에게

더 이상 허황되게 느껴지지 않았다.

비로소 해외에 스카이 포레스트라는 브랜드 가치가 생겨나기 시작했다.

이 의미는 결코 작지 않았다.

방송 여파로 인해 하늘숲 매장을 방문하는 고객이 다시 한번 폭발했다.

　　　　　　　　＊　＊　＊

영어로 된 번호판을 단 주한미군 군용 지프차량이 스카이 포레스트 회사 앞에 멈춰 섰다.

딱 봐도 일반적인 차량과는 다른 군용 차량의 무게감이 상당하다.

"어떻게 오셨습니까?"

"안녕하십니까. 전화로 약속을 잡고 온 주한미군 나오미 캄벨 중위입니다."

유창한 한국어가 그녀의 입에서 흘러나왔다.

"어서 오십시오. 연락을 받았습니다."

나오미 캄벨과 미모의 여성 한 명이 사장실까지 경비의 친절한 안내를 받았다.

"반갑습니다. 차준후입니다."

차준후가 웃으며 맞았다.

갑작스러운 주한미군 정보장교의 전화에 당황스러웠지만 만남을 받아들였다.

주한미군과 연줄이 있으면 앞으로의 행보에 여러모로 도움이 되리라.

사장실에는 차준후만 있었는데, 비서이자 경리인 종운지는 은행에 업무를 보기 위해서 외부로 나간 상태였다.

"미8군 사령부 산하 501정보여단 소속 나오미 캄벨 중위입니다."

군복을 입고 있는 그녀가 절도 있게 자신을 소개했다.

서양인들이 배우기 무척 어려워하는 언어가 바로 한국어다.

웬만큼 노력을 하지 않으면 나올 수 없는 지적인 말투였다.

이십대 중반의 미녀.

170을 살짝 상회하는 키.

서양인 특유의 몸매.

무척 인상적이었다.

"미국에서 캄벨 무역회사를 운영하고 있는 티에리 캄벨이에요. SF-NO.1 소식을 전해 듣고 미국에서부터 날아왔어요."

나오미에 못지않은 미녀 티에리가 웃으며 영어로 이야기했다.

몸에 달라붙는 프라다 정장을 차려입은 그녀는 한국 성이 따라가기 힘든 매력을 발산하고 있었다.

웃는 모습과 달리 그녀의 속마음은 무척 불편했다.

동생 나오미로 인해 미국에서 가장 빠르게 SF-NO.1 소식을 접했지만 여러 가지를 알아보느라 일이 꼬여 버리고 말았다.

SF-NO.1의 효능을 확인하고, 시간을 들여가면서 수입 계획을 세워 나갔다.

그런데 그 사이에 미국 전역에 SF-NO.1 방송이 방영되고 말았다.

너무 시간을 지체했다며 자책하는 한편, 계획을 송두리째 망가뜨린 방송국을 고소하고 싶은 심정이었다.

"잘 오셨습니다. 커피나 음료를 가져다 드릴까요?"

비서인 종운지가 자리를 비웠기에 차준후가 직접 손님들을 대접하려고 했다.

"아닙니다. 괜찮습니다. 저희들은 오기 전에 마시고 왔습니다."

그녀의 말투가 다소 딱딱했다.

군인인 탓일까.

"중요하게 이야기할 게 있어서 오셨다고 들었습니다. 자리에 앉아서 이야기합시다."

차준후가 두 여인과 테이블을 마주하고 앉았다.

"제가 관심을 가지고 살펴보니 사장님께서 만든 모든 상품명이 영어로 되어 있었습니다."

나오미 캠벨이 한국어로 이야기했다.

한국어를 모르는 티에리 캠벨이 옆에서 방긋방긋 웃고만 있었다.

"그렇습니다. 처음부터 해외 수출을 염두에 두고 있었기 때문입니다. 최빈국인 나라에서 사치품인 화장품을 고가로 팔기에는 무리가 있으니까요."

차준후가 영어 상품명에 대해 해명하며 웃었다.

지금은 아니지만, 상품 출시 초반에 영어 상표명 때문에 한국인들에게 엄청나게 많은 욕을 얻어먹어 장수할 수 있게 됐다.

"아!"

탄성을 터트린 나오미 캠벨의 눈동자가 크게 흔들렸다.

'단순히 수출만을 생각했던 거라고? 처음부터 큰 뜻을 품고서 물건들을 만들었던 거야.'

최강대국인 미국을 선호하기에 영어를 사용했다고 오판하고 말았다.

지독한 오만이었다.

'당황했네.'

그 모습이 차준후의 시야에 들어왔다.

잠시 흐트러진 모습을 보였던 나오미 캄벨이 다시금 원래의 차분함을 되찾았다.

"이번 신제품 SF-NO. 1 밀크를 사장님께서 개발하셨다고 들었습니다."

"제가 홀로 연구 개발했습니다."

차준후가 호기롭게 말했다.

미래의 지식을 통째로 가지고 와서 사용하는 것이지만, 사람들 앞에서 종종 이야기하다 보니 아주 자연스러워졌다.

그런 모습을 두 여인이 유심히 살폈다.

자신감 넘치는 차준후의 모습이 그녀들의 눈에 가득 들어찼다.

저 천재적인 모습은 미국을 비롯한 세상 여인들의 이목을 집중시키고 남았다.

안티 에이징 화장품!

화학을 전공한 것도 아니면서 참으로 대단한 업적을 일궈낸 것이다.

천재는 스스로 나아갈 길을 개척해 나간다고 하던가.

대학교와 대학원에서 화학 등을 열심히 배운 전 공자들을 가뿐하게 초월했다.

"혹시 미국으로 귀화하실 생각이 있으십니까? 그렇다면 제가 적극적으로 돕겠습니다."

나오미가 불쑥 본론을 꺼내 들었다.

"미국 귀화요? 전혀 생각지도 못했던 이야기군요."

전혀 예상하지 못한 급작스러운 제안에 차준후가 약간 놀랐다.

"당신의 재능은 미국에서 제대로 꽃을 피울 수 있습니다."

"음! 아주 틀린 말은 아니네요."

차준후가 일정 부분 동의했다.

화장품 하나를 만들기 위해 얼마나 많은 고생을 했던가.

화장품 때문에 낙농 사업에 진출할 거라고는 생각지도 못했다.

모든 기반 여건들이 조성되어 있는 미국으로 가면, 아주 수월하게 화장품 사업을 진행할 수 있었다.

쉽고 편안하면서 세계적인 갑부로 올라설 수 있는 꽃길이 펼쳐지는 것이다.

"귀화해서 성공한 미국인이 되면 한국을 돕는 게 수월해질 수도 있습니다."

나오미 캠벨이 설득에 공을 들였다.

지금껏 취합한 자료를 분석해 보았을 때, 차준후가 대한민국 경제 발전에 큰 관심을 가지고 있다는 걸 알아차렸다.

"미국인이 되어서도 한국인으로서의 정체성을 잃지 않으면 그편이 대한민국 발전에 유리할 수도 있겠네요."

차준후가 공감했다.

미국에서 시간과 공간, 환경 등의 제약을 적게 받으면서 마음껏 뛰어난 화장품들을 생산해 낸다.

작금의 화장품 회사들이 보여 주지 못하는 혁신적인 상품으로 인해 성공할 확률은 높았다.

"미국은 재능 넘치는 천재들이 마음껏 비상할 수 있는 자유의 대지입니다."

그녀가 설득하기 위해 노력했다.

분명히 좋은 제안이다.

그러나 무언가 막히는 것처럼 석연치 않은 기분이 드는 것도 사실이었다.

"인상적인 제안이기는 한데 끌리지 않네요."

"귀화가 부담된다면 이민을 하셔도 좋습니다. 이민 정착금 200만 달러와 함께 첨단 장비를 갖춘 연구소, 자동화 시설이 설치된 공장 등을 제공할 준비가 되어 있습니다. 여기서 부족한 걸 말씀해 주시면 만족하실 수 있도록 돕겠습니다. 충분히 고민해 보고 말씀하셔도 됩니다."

그녀는 차준후를 미국으로 데려가는 데 진심이었다.

귀화하여 미국인이 되면 최상이고, 미국에서 한국인으로 살아가며 사업하는 방편도 차선으로 충분했다.

세계 최강대국에서 살다 보면 자연스럽게 미국인으로 되리라!

미국의 멋과 자유에 취하면 가난하고 억압적인 대한민국에서는 더 이상 살 수 없을 거란 판단이었다.

200만 달러면 차준후가 소유하고 있는 국내 자산보다 많은 금액이었다.

상부로부터 승낙받은 최대한의 조건이었다.

처음에는 화장품 개발자를 조사한다며 동료와 상관들로부터 타박을 받기도 했지만, 방송이 보도된 이후로 완전히 바뀌었다.

사람들이 천재를 일찌감치 알아봤다며 그녀를 추켜세웠다.

천재를 맞이하기 위해 미국은 많은 걸 제공하려고 했고, 더 제공할 생각도 충분히 있었다.

차준후는 그녀의 마음과 노력을 충분히 느낄 수 있었다.

그렇기에 망설이지 않고 진심을 토해 냈다.

진심인 사람에게 진실로 대하는 법이다.

"음! 부족한 걸 떠나서 매력적인 제안이 아니라고 느꼈어요. 사실 저는 어느 곳에 있다고 해도 성공할 수 있다고 자신하니까요."

미국으로 넘어간다면 훨씬 더 빠르게 성공할 수 있을 것이다.

그러나 사람은 누구나 태어나고 자라난 고향이 가장 친숙한 법이다.

자산이 엄청나게 많으면 대한민국처럼 편안한 나라가 없기도 하고.

21세기의 미국에도 흑인을 비롯한 유색인종들에 대한 인종차별이 만연해 있다.

1960년대인 지금은 그 인종차별이 더욱 심각하다.

눈앞의 이익 때문에 구태여 고국을 버릴 필요를 느끼지 못했다.

한국인으로서 대한민국에서 잘 먹고 잘사는 게 최선이었다.

"쉽고 편안한 길을 놔두고 어려운 가시밭길을 걸어가겠다니 안타깝습니다. 제대로 된 중화학 산업체들이 없는 대한민국은 화장품 제작에 있어서 무척이나 척박합니다."

"대한민국과 함께 성장할 수 있다면 기꺼이 가시밭길을 받아들일 수 있습니다. 제조와 생산에 결정적 역할을 수행하는 산업체가 없기는 한데 만들면 그만입니다."

차준후가 자신감을 드러냈다.

SF-NO.1 화장품 하나를 만들기 위해 산전수전을 겪어야만 했다.

한 번 했던 일이다.

또다시 못할 이유가 하나도 없다.

어렵고 힘든 가시밭길은 그를 성장시키는 영양분에 불과했다.

미국의 인재 사랑은 유명하다.

세기의 인재라고 판단되면 적대 국가인 소련이나 독일에 비밀 요원을 파견해서라도 미국으로 귀화를 시키려고 노력한다.

인재를 발견하는 대로 빨아들이는 블랙홀이 바로 미국이다.

그 블랙홀의 흡인력이 이번에는 통하지 않았다.

미국이 제시한 금액과 혜택은 차준후의 머릿속에 들어 있는 지적재산의 가치에 비하면 푼돈에 불과하다.

차준후만의 계산법에 따르면 푼돈을 받고 이역만리 미국까지 옮기면 오히려 커다란 손해였다.

'하아! 자신감이 대단하네.'

그녀는 설득하기 위한 말을 내뱉을수록 거꾸로 차준후에게 빨려 들어갔다.

지금껏 인재라고 생각한 사람들을 미국으로 귀화시킨 적이 몇 번 있었다.

어렵고 힘든 환경의 사람들에게 귀화 제안을 하면 대부분 무척이나 반겼었다.

수학 방면으로 뛰어난 재능의 한국인도 한 명 귀화시켜

주면서 많은 지원을 했는데, 감사 인사를 제대로 받았다.

'이런 남자는 처음이야. 귀화를 완강히 거부한 사람이 가장 뛰어난 천재라는 사실이 문제네.'

어디서든 성공할 수 있는 자신감을 내비치며 단호하게 거부하는 사람을 만나 보지 못했다.

대화를 나누다 보니 누가 누구를 설득하고 있는지 모를 정도다.

그녀는 차준후에게 깊이 빠져들었다.

위기를 인지하면서 회피하지 않고 묵묵히 걸어가겠다는 사내의 포부에 감탄했다.

* * *

"현재 한국의 미래는 대단히 불투명합니다. 혼란을 수습하고 평화롭게 새로운 정부가 들어서지 않는다면 가까운 시기에 군사 지배 정부가 출혈할 가능성도 있습니다."

나오미가 준비해 둔 최후의수를 던졌다.

이 비밀스런 정보를 알고 있는 사람들은 미국 내에서도 소수였다.

가능한 발설하지 말라고 했지만, 설득이 어려울 경우 이야기해도 된다는 허락을 상부로부터 받았다.

상부에서 차준후를 미국을 발전시킬 수 있는 핵심 인재

로 인정했기 때문에 가능한 일이었다.

'화장품 개발자인 동시에 의약에도 재능이 있는 천재다.'

나오미와 미국은 차준후의 의약적 재능에 크게 주목했다.

SF-NO.1 밀크는 노화를 치료, 경감, 처치 또는 예방할 목적으로 사용되는 화장품이었다.

의학계에서는 소수지만, 노화를 질병으로 봐야 한다는 의견도 있었다.

만약 노화가 질병이라면, SF-NO.1 밀크는 의약품이나 마찬가지였다.

의약적 재능 외에도 다른 재능들까지 넘쳐 나는 것 같아 무리를 해 가면서까지 영입을 펼쳤다.

대한민국보다 미국에서 차준후의 가치를 더욱 정확하게 파악했다.

이미 미국은 콜론 보고서를 통해 한국의 민주주의에 심각한 시련이 발생할 거라는 사실을 인지하고 있었다.

동아시아에서 미국의 외교정책을 다루는 대외비 콜론 보고서는 대한민국 정치권과 군대, 경찰 내부의 대단히 민감한 부분을 적나라하게 다뤘다.

가장 주목할 내용으로는 장래에 대한민국에 군사 지배 정권이 출현할 것이라는 부분이었다.

대외비 콜론 보고서 작성에 나오미 캄벨이 커다란 역할을 했다.

"군사독재정권! 쿠데타를 이야기하는 거군요."

차준후의 말투가 무척이나 담담했다.

쿠데타!

국민의 의사와 관계없이 무력 등의 비합법적 수단으로 정권을 빼앗는 정변이다.

"……."

놀라야 정상이지 않나?

오히려 말을 꺼낸 나오미 캄벨이 놀라서 할 말을 잃었다.

총으로 피를 흘려 가면서 정권을 차지하는 정변이 대한민국에 일어난다.

왜 아무렇지도 않은 모습이야?

국토방위의 임무를 지닌 군인이 총부리를 정부와 국민을 향해 돌리는 행위다.

사람들이 죽거나 다친다니까?

국가를 뒤엎는 반란이라고.

일반인의 입장에서는 천지개벽의 일이었다.

"민주헌정을 짓밟는 쿠데타입니다. 제 말은 회유를 위한 단순한 거짓말이 아닙니다. 실제로 벌어지고 있는 진실입니다."

정신을 차린 나오미 캄벨이 확실하게 이야기했다.

직접 피부에 와닿지 않아서 차준후가 가볍게 생각하고 있다고 생각했다.

"믿습니다. 당신의 말처럼 군부에서 쿠데타 모의가 점차 가시화되고 있겠죠."

차준후의 말투에는 흔들림이 없다.

아주 잘 알고 있다.

박정하의 쿠데타는 대한민국 역사에 깊숙한 상처를 남겼고, 그에 관한 이야기는 방송에서 자주 나오는 단골 메뉴이기도 했다.

차준후는 그 누구보다 박정하의 쿠데타를 잘 알았다.

"군사 독재 정권 아래에서 사업을 한다는 건 대단히 위험한 일입니다. 미국으로 귀화하여 잠시 혼란을 피하는 게 좋다고 판단됩니다. 쏟아지는 소나기를 맞을 필요는 없는 일입니다."

한국의 민주주의가 4 · 19 혁명으로 소생하여 활력을 찾아가고 있을 때, 박정하와 김종팔을 우두머리로 한 군부 쿠데타 모의가 활발하게 일어나고 있었다.

"때로는 혼란을 잠재우기 위한 소나기를 맞을 때도 있어야지요. 비가 그친 다음에는 밝은 날이 오기 마련이니까요."

"충격을 받을까 봐 이런 말씀까지는 안 드리려고 했는

데, 쿠데타를 통해 정권을 잡은 군사 독재 정권은 언제나 정치가와 사업가 등을 단죄해 왔습니다."

"알고 있습니다."

역사가 증명하는 일이다.

역대로 군사 독재 정권들은 민심을 잡기 위해서 보여주기식으로 부정부패자들을 항상 척결해 왔다.

군인들에 의해 피 흘리면서 형장에서 사라진 부정부패자들이 많았다.

부정부패로 재산을 축적한 재무부 차관 차운성의 상속자인 차준후는 군사 독재 정권으로 인해 피해를 입을 가능성이 큰 인물로 분류된다.

"그럼 차준후 사장님께서 쿠데타 세력에 의해 부정축재자 1호에 올라섰다는 것도 아십니까?"

미국 대사관, 주한미군, CIA 지부, 미국 정보부와 그 밖의 각급 기관들이 대한민국 군대의 움직임을 예의 주시하고 있었다.

과연 세계 패권을 쥐고 있는 천조국답게 대한민국 쿠데타 움직임을 이미 알아차렸다.

최빈국인 대한민국의 움직임을 손바닥 위에 올려다놓고 면밀하게 살폈다.

"제가 부정축재자 1호입니까? 영광스런 자리이군요. 전 성삼그룹 회장님이 1호일 줄 알았습니다. 제가 1호면

2호가 그분이겠군요."

차준후가 호기롭게 웃었다.

이왕에 부정축재자가 될 운명이면 가장 앞에 위치한 1호가 좋았다.

어쨌든 성삼그룹 이철병 회장을 이겨 버렸다.

'죽지 않는다. 살아남기만 하면 된다.'

차준후가 믿고 있는 부분이 있었다.

원 역사에서 이철병 회장은 척결대상인 부정축재자 1호로 올라서서 박정하 장군을 만나지만, 말년까지 편안하게 살아간다.

"부정부패로 축적한 모든 재산을 환수당할 수도 있습니다. 웃을 일이 아닙니다."

나오미 캄벨의 얼굴이 딱딱하게 굳었다.

부정축재자 2호를 정확하게 맞춘 사실을 내색하지 않으려고 했지만 동요하고 말았다.

"모든 재산을 사회에 환원할 준비가 되어 있습니다. 아무것도 없는 빈털터리가 되도 살아만 있다면 웃을 수 있습니다. 전 밑바닥부터 맨손으로 다시 사업을 일으킬 수 있으니까요."

차준후에게 돈이란 신외지물에 불과했다.

마음만 먹으면 언제라도 지금 가지고 있는 자산보다 많은 액수를 긁어모으는 게 가능했다.

대한민국을 비롯한 세상에 혼란을 주지 않기 위해 나름 최대한 자중하는 편이다.
　만약 이 자제하는 마음이 깨어진다면?
　세상은 그야말로 자본에 미쳐 버린 탐욕스런 문어발 재벌의 존재를 목격할지도 몰랐다.
　세계 역사가 크게 뒤틀리는 혼란스런 사태가 벌어지게 되는 것이다.
　'이 남자! 돈에 회유되거나 넘어가는 성격이 아니야. 1,000만 달러를 불렀어도 꿈쩍하지 않았어. 그것뿐만이 아니야. 쿠데타로 압박한 방법도 잘못된 접근이었어.'
　나오미 캄벨이 깨달았다.
　결코 돈으로 가치를 매길 수 없는 천재 차준후였다.
　쿠데타 세력과 격렬하게 부딪칠 경우, 가지고 있는 엄청난 자산과 황금알을 낳는 스카이 포레스트를 하루아침에 버릴 수도 있는 칼 같은 성격이기도 했다.
　모든 걸 버릴 준비가 되어 있는 남자는 돈이나 압박으로 유혹할 수 없었다.
　"국가에 혼란이 닥치면 두 부류의 인물이 등장하게 됩니다. 위기를 극복하려는 순수한 애국자가 첫 번째이고, 혼란을 이용하려는 불순한 기회주의자가 두 번째입니다. 대한민국의 혼란기에 기회주의자들이 판치는 건 자연스러운 현상이겠지요. 당신이 볼 때, 저는 어느 쪽일 것 같습니까?"

자신만만하기만 하던 차준후가 씁쓸한 표정으로 물었다.

박정하의 쿠데타는 대한민국 역사의 아픈 순간이다.

모든 역량을 집중하여 적극적으로 쿠데타를 봉쇄하기 위해 움직인다면 역사는 어떻게 흐를 것인가?

1960년으로 오고 나서 참으로 많은 고민을 해 봤다.

알고 있는 역사 지식과 현대 상황을 논리 정연하게 머릿속으로 따져 봤지만, 어느 쪽이 옳은지 결론이 나지 않았다.

쿠데타 봉쇄에 대한 빛과 어둠을 생각하면 할수록 머릿속이 뒤죽박죽되고는 한다.

대한민국에 새롭게 만들어질 역사도 뒤죽박죽으로 망가질 가능성이 높았다.

이건 좋지 않다.

결국 차준후는 역사의 방관자로 남고자 결심했지만, 마음 한구석이 불편했다.

'이 남자 대체 뭐지? 쿠데타를 대체 어디까지 예상하고 있었던 거야?'

나오미의 눈동자가 요란하게 흔들렸다.

미국 정보기관들은 면밀한 조사와 탐구 끝에 주도면밀하게 진행되고 있는 군부 쿠데타 세력을 감지할 수 있었다.

그런데 천재는 가만히 앉아서 모든 걸 내려다봤다.

최후의 수를 내던져 미국 귀화를 이끌려고 했는데, 오히려 더욱 차준후에게 빠져들고 말았다.

'천재야! 어떻게든 미국으로 데리고 가야만 하는 천재라고.'

엄청난 천재성을 확인한 나오미는 차준후의 미국 귀화를 포기하지 않았다.

"기회주의자이면 좋겠지만 당신은 애국자입니다."

좋은 제안을 뿌리쳐가면서 대한민국과 함께 한다는 차준후는 애국자가 확실했다.

기회주의자라면 미국으로 귀화나 이민을 선택했을 테니까.

"애국자가 아닙니다. 저는 회색 인간인 방관자로서 대한민국에서 살아갈 뿐입니다."

1960년대의 영혼이 아닌 그는 어디에도 속하지 않는 방관자다.

이도 저도 아닌 중도를 선택했지만 차준후는 불편한 마음을 안은 채 잘살아 보겠다며 홀로 미국으로 떠나가고 싶지 않았다.

나의 대한민국을 사랑한다!

가난하지만 선량한 한국인들을 좋아한다!

대한민국을 떠난다는 건 애당초 선택지에 없다.

아무것도 해 보지 못하고 두려워서 떠난다면 임준후의 육체적 죽음과 뭐가 다를까?

오히려 더욱 심한 정신적 죽음일 수도 있다.

생각만 해도 소름 끼치는 상황이다.

'날 벼랑 끝까지 몰아붙인다면 상대가 누구라 해도 전심전력으로 싸워 박살 낼 거다!'

차준후의 마음가짐에 두꺼운 각오가 새겨졌다.

과거로 거슬러 왔음에도 불구하고 주변에 휩쓸리지 않고 자신답게 살아가려고 매 순간 노력해 왔다.

내년이 되면 대한민국 최악의 독재자가 나타나겠지만, 평화롭게 지낼 것 같았다.

독재자의 방식이 마음에 썩 드는 건 아니지만 대한민국을 성장시켰다는 부분은 명확하다.

어쨌든 경제를 발전시켰다는 성과가 있기는 하니까 말이다.

차준후는 독재자를 이용해서 대한민국을 성장시키고 보호할 생각과 계획을 가지고 있었다.

"당신의 선택을 존중합니다. 오늘은 물러나겠지만 아직 미국은 귀화를 포기하지 않았습니다. 대한민국에 남고자 해도 당신을 떠나가게 만들 불순한 기회주의자들이 있을 테니까 말입니다."

모난 돌이 정에 두들겨 맞는 법이다.

천재는 일반인들의 시각으로 볼 때 시기와 질투를 부르는 모난 돌이 분명했다.

불순한 기회주의자들이 탐욕스럽게 먹어 치우려 할 가능성이 높았다.

"그걸 피할 수 있어야 천재 아니겠습니까? 알고 있는데도 불구하고 무방비로 얻어터지면 천재라고 할 수 없겠지요."

차준후는 쿠데타에 대한 나름의 대비책을 가지고 있었다.

역사를 알고 있기에 가능한 대비책이다.

완벽히 통한다고 장담할 수는 없지만.

사업적 대성공!

대한민국을 발전시키고 싶어하는 박정하에게 있어 꼭 필요한 사업가로 인식되면 된다.

"위험을 줄일 방법을 가지고 있다니 놀랍습니다."

그녀는 차준후가 천재라는 사실을 새삼 깨달았다.

두 손 두 발을 다 들면서 인정할 수밖에 없었다.

천재 앞에서 쿠데타는 그저 통과해 가는 지점에 불과할지도 몰랐다.

더 이상 천재에 대한 의구심을 품지 않았다.

왜?

천재에 대한 걱정은 기우에 불과하다는 걸 지켜보면서

알게 될 테니까.

　　　　　　　＊　＊　＊

"지금까지 주한미군 정보장교로서 도와드리려고 이야기했는데, 정작 도와드린 부분이 없습니다."
"재미있는 이야기 잘 들었습니다."
차준후는 나오미 캄벨과의 대화를 순수하게 즐겼다.
대화가 통해서 즐거웠다.
쿠데타에 대한 이야기를 그 누구에게도 하지 못하고 홀로 끙끙거려 왔다.
솔직히 너무 답답했다.
현시점의 국내 누가 쿠데타를 진짜로 생각하겠는가.
여러 사념들이 떠올랐지만 차준후가 미국 귀화와 쿠데타에 대한 이야기를 머릿속에서 깔끔하게 지워 버렸다.
"이제부터는 제가 아니라 언니가 대신 이야기할 겁니다. 필요가 없겠지만 저를 통역사라고 생각해 주시면 됩니다."
그녀가 한국어가 아닌 영어로 이야기하면서 딱딱한 군인 말투를 버렸다.
부드럽게 어투로 인해 분위기가 순식간에 바뀌어 버렸다.

차가운 느낌의 전사에서 연약한 소녀로 변신했다고 할까.
갑작스럽게 극명하게 바뀐 부드러운 분위기에 차준후가 당황하고 말았다.
평소의 말투인가.
무척 흥미로운 여인이었다.
한국어를 하지 못해 무슨 이야기가 오갔는지 몰랐지만 심각한 분위기였기에 조용하게 있던 티에리 캄벨이었다.
"수출을 염두에 두고 있다고 했는데, 미국으로 수출할 수 있는 방법은 마련했나요?"
티에리 캄벨이 본격적으로 나섰다.
캄벨 무역회사를 운영하고 있다고 했지.
귀화에서 갑작스럽게 수출로 이어지는 이야기 전개에 차준후가 잠시 침묵했다.
이건 너무 급격한 전개 아닌가.
내심 처음으로 수출할 국가를 미국으로 상정해 두고 있었다.
누가 뭐라고 해도 현시점에서 세계 질서를 주도하는 건 미국이었으니까.
미국이란 나라에 화장품을 수출하게 되면 다른 나라들은 편안하게 통과하는 게 가능했다.
'해외무역부를 만들고 나서 수출을 알아보려고 했는데……'

본격적인 해외 진출의 닻을 올리기 위해서는 해외무역부인 실무팀 필요했다. 인재들을 뽑고 준비하기까지 적지 않은 시간이 요구된다.

시간을 두고 진행해야 할 일이 미국 방송 보도로 인해 준비가 부족한 상태에서 급물살을 타게 됐다.

"아직 준비가 완벽히 되어 있지 않습니다. 국내에 직영점을 열고 난 뒤에 시간을 두고 미국 진출을 생각했으니까요."

원활한 대화를 위해 차준후가 속내를 밝혔다.

"제가 빨리 찾아와서 다행이네요."

티에리 캄벨이 반색했다.

"우리 집안은 무역회사를 운영하기 이전에는 화장품과 관련 물품을 생산해서 팔았었어요. 많은 돈을 벌지는 못했지만, 집안을 건사할 정도는 됐었죠. 그러다가 다른 공장들과의 경쟁에서 도태되고 말았어요."

그녀가 빠른 속도로 이야기를 토해 냈다.

사실 그녀의 집안은 무역회사를 운영하고 있지만, 할아버지 대에서는 화장품과 관련 물품들을 만들어서 시장에 팔거나 대형공장에 납품했다.

"안타까운 일입니다."

"자유 경제 시장에서 경쟁에서 밀리면 사라지는 건 당연하겠죠."

할아버지가 세상을 뜨고 난 뒤 가족경영의 소규모공장은 규모를 키운 대형공장에서 쏟아지는 물건들로 인해 가격경쟁에서 밀려 버렸고, 결국 지속적인 운영이 어려워졌다.

"동의합니다."

차준후가 고개를 끄덕였다.

"결국 적자가 이어지던 공장은 문을 닫고 말았지만 아버지는 곧바로 캄벨 무역회사를 창업하셨어요. 물건을 납품하던 경험을 살려서 미국에 필요한 물건들을 수입해서 거래처와 상점 등에 넘기고 있지요. 주된 품목은 풍부했던 경험을 살릴 수 있는 화장품 관련 물품들이고요. 지금은 아버지가 일선에서 물러나고 제가 사장 자리에 앉아 있어요. 여기에 있는 동생이 많이 도와주고 있죠."

티에리 캄벨이 동생을 사랑스러운 눈빛으로 바라보았다.

주한미군으로 있으면서 미국을 오갈 때 홍콩과 일본 등을 방문하는 나오미는 무역회사에 필요한 물건들을 수소문하면서 찾기도 했다.

"기존의 경험을 토대로 신규 사업이라, 훌륭한 결정입니다."

풍부한 경험과 지식을 활용해 무역사업을 한다는 건 커다란 장점이었다.

차준후도 21세기의 경험과 지식을 장점으로 활용하고 있었다.

나오미 캠벨의 도움 덕분에 캠벨 무역회사는 아시아에서 적지 않은 이득을 챙길 수 있었다.

"캠벨 무역회사가 최고의 조건을 맞춰드린다고 장담할 수는 없어요. 하지만 사장님께서 수출에 있어서 어떤 결정을 내리던지 정직하게 옆에서 도울 수 있는 무역회사입니다."

티에리가 적극적으로 캠벨 무역회사를 알렸다.

SF-NO. 1은 캠벨 무역회사에 아주 커다란 이득을 안겨 줄 물건이었다.

결코 다른 무역회사에 빼앗기고 싶지 않았다.

"미국에 스카이 포레스트 현지 법인을 설립하고 난 뒤에 수출 진행을 할 계획입니다."

차준후가 속내를 확실하게 드러냈다.

미국인 현지 직원을 고용하는 것을 우선시하고 있기 때문에 미국으로 건너가야만 한다.

아직 정확한 현지법인의 규모조차 결정되지 않았다.

"미국 현지에서 일할 직원들은 구하셨나요?"

"발걸음도 떼지 못했습니다."

현지에 가서 변호사를 고용하고, 넓은 미국 땅에서 법인이 들어설 위치도 구해야 한다.

고려해야 하는 부분이 너무 많았다.

다급하게 진행하다 보면 실수를 할 수도 있었기에 돌다리도 두들기는 심정으로 알아가면서 진행할 생각이었다.

"캄벨 무역회사는 일본과 홍콩의 화장품 업체들의 미국 현지법인 설립에 전폭적인 협조를 한 경험이 있어요. 스카이 포레스트와도 협업이 가능해요."

티에리 캄벨이 적극적으로 장점을 어필했다.

캄벨 무역회사는 이익을 독차지하기보다 화장품 업체들과 함께 상생하기를 선택했다.

그편이 오랜 시간 함께 이득을 누릴 수 있다고 생각했기 때문이었다.

'잘될 수도 있겠어. 분위기도 나쁘지 않아.'

열정을 드러내고 있는 티에리의 모습이 차준후에게는 무척이나 좋게 느껴졌다.

"이걸 봐 주시겠어요? 프레젠테이션을 준비해 왔어요."

티에리가 준비해 온 서류를 테이블 위에 올려놓았다.

"해 보세요."

차준후가 서류를 훑어보면서 이야기했다.

티에리가 부드러우면서 당찬 목소리로 프레젠테이션을 시작했다.

"올해 상반기 미국 화장품 시장 분석표를 토대로 SF-

NO.1 밀크의 시장 지배 작업을 예측해 봤습니다. 안티에이징 기능성 화장품의 출시는…….."

MBA 학위를 받은 티에리가 열정을 담아서 미국 시장과 SF-NO.1 밀크를 이야기하고 있었다.

차준후가 강렬한 눈빛으로 서류를 살피는 와중에 집중해서 티에리의 이야기를 경청했다.

예상하고 있는 내용들이 태반이었지만 간혹 참고할 수 있는 이야기들도 있어서 흥미로웠다.

도움이 되는 프레젠테이션이다.

"……70만 달러 상당의 SF-NO.1 밀크를 구매하고자 합니다. 지금까지 긴 이야기를 들어 주셔서 감사합니다."

쉬지 않고 프레젠테이션을 한 티에리가 거친 호흡을 내뱉었다.

열띠게 상당 시간 동안 말한 그녀의 얼굴이 살짝 상기된 상태였다.

거래를 트기 위한 프레젠테이션이다.

이 한 번의 프레젠테이션에 엄청난 금액이 걸려 있었다.

"흥미로웠습니다. 미국 진출에 도움이 되는 내용도 많았고요."

차준후가 서류를 테이블 위에 내려놓았다.

"감사합니다."

"귀사의 SF-NO.1 밀크 수입과 사업 파트너에 대한 제안을 진지하게 검토해 보겠습니다."

차준후는 방송에 보도되기 전이라면 70만 달러라는 거액의 수입 제안을 승낙했을 수도 있었다.

그러나 미국에서 SF-NO.1 밀크가 유명세를 타게 된 지금은 상황이 달라졌다.

캄벨 무역회사를 필두로 다른 기업체들에서도 제안이 쇄도할 게 분명했다.

스카이 포레스트는 시간을 두고 기다리면서 최선의 제안을 선택할 수 있게 됐다.

게다가 많은 조사를 해야겠지만 미국 커피 전문점인 스타박스처럼 현지에 직접 진출을 도모할 수도 있었다.

"연락을 기다리겠습니다."

티에리 캄벨의 얼굴에 아쉬움이 스치고 지나갔지만 의연하게 대처했다.

단번에 거래 성사가 됐으면 좋았겠지만 뭔가를 제대로 보여 주기에는 짧은 시간이었다.

차준후의 선택을 이해하기도 했다.

규모가 큰 거래였다.

이런 거래를 잘 준비한 프레젠테이션을 들었다고 곧바로 결정지을 수는 없는 노릇이다.

"이야기하다 보니 목이 마르네요. 커피 한 잔 부탁해도 될까요?"

티에리는 갈증을 심하게 느꼈다.

육체적인 것이 아니라 차준후의 언행을 보면서 받은 정신적 갈증이 강했다.

"시원할 걸로 드릴까요? 뜨거운 거로 준비할까요? 개인적으로 얼음 들어간 아이스 아메리카노를 추천합니다."

"그걸로 부탁하죠."

"저도 아이스 아메리카노를 먹겠습니다."

차준후가 탕비실에서 아이스 아메리카노 세 잔을 쟁반에 들고 다시 사장실로 들어섰다.

"잘 마실게요."

"고맙습니다."

두 여인이 목이 말랐는지 차가운 아이스 아메리카노를 시원하게 마셨다.

"어떤가요?"

차준후가 물었다.

"이렇게 마시니까 색다르기는 하네요."

"나쁘지 않은 느낌입니다."

두 여인의 반응이 괜찮았다.

미국에서는 차가운 아이스 아메리카노를 찾아보기 힘들었다.

따뜻한 커피의 향을 즐기는 문화가 있어서 차가운 커피를 선호하지 않았다.

"차가운 음료를 개인적으로 선호합니다. 이건 어디까지나 제 취향인데, 차가운 음료가 더 신선하고, 뜨거운 음료에 비해 더 맛이 좋고 만족스럽습니다. 그리고 뜨거운 음료에 비해 다양한 맛을 연출할 수도 있고, 여러 토핑을 올려서 변화를 꾀하는 것도 가능합니다."

차준후는 미국 본토에서 온 여인들에게 아이스 아메리카노의 좋은 점을 알려 줬다.

시대를 앞서가는 문화 전도사라고 할까?

미래에서는 뜨거운 음료가 아닌 차가운 음료인 콜드브루가 대세로 떠오르게 된다.

얼어 죽어도 아이스 아메리카노만 마신다는 한국의 얼죽아 열풍은 스타벅스의 본고장 미국으로 역수출되기도 한다.

한때 스타벅스 매출의 75%가 차가운 음료에서 발생하기도 했다.

「차가운 음료가 어느 때보다 뜨겁다.」

미국 스타벅스에서 차가운 음료 판매량이 급격하게 늘었다는 보도가 미국 정규 방송에서 보도됐을 정도이다.

차가운 거품이 들어가는 콜드브루는 미래에 급격한 속도로 성장하는 블루오션의 사업이다.

"음! 솔직히 맛이 더 좋은지는 잘 모르겠는데, 뜨겁지 않고 시원해서 빠르게 마시기 좋네요. 여러 변화를 줄 수 있다는 부분은 직접 느껴 봤으면 하고요."

나오미 캄벨은 앞으로 차준후와 만남을 지속하면서 아이스 아메리카노의 변화를 체험하고 싶었다.

'사업성이 괜찮을 수 있겠어.'

티에리 캄벨은 듣다 보니 왠지 모르게 사업적으로 접근해도 괜찮지 않을까 하는 생각이 불쑥 튀어나왔다. 아이스 아메리카노에 담겨져 있는 사업적 가치가 어렴풋하게나마 알아차린 것이다.

미국에서 커피 사업은 유망하기에.

미국 본토 곳곳에는 저마다 유명한 커피 카페들이 산재해 있었다.

커피와 차를 마시면서 대화를 나누는 건 서양인들에게 문화였다.

'정말 더 맛있는 것 같기도 하네.'

티에리 캄벨이 다시 아이스 아메리카노를 한 모금 마셨다.

미국 본토 여성에게 얼죽아 문화를 선도한 차준후였다.

(내가 제일 잘나가는 재벌이다 5권에서 계속)

환상이 숨쉬는 공간 파피루스 blog.naver.com/gnpd17

상현 신무협 장편소설

명왕회귀
明王回歸

바람처럼 전장을 휩쓰는 명왕(明王), 위지연
하지만 그에게 남은 것은 후회로 점철된 삶뿐
처절한 삶을 살아온 그에게 찾아온 기적

[네게 후회를 바로잡을 기회를 주마.]

눈을 뜨자 보이는 어린 시절의 손
아직 파괴되지 않은 단전
아직 멸망하지 않은 가문

'이번 생에서는 절대 후회하지 않겠어.'

더 이상 후회와 번뇌를 남기지 않기 위한 명왕의 행보에 천하가 진동한다!

환상이 숨쉬는 공간 파피루스 blog.naver.com/gnpdl7

『아카데미 학생회장으로 살아남는 법』

아카데미 최악의 개망나니 로엔 드발리스
이 빌어먹을 시한부 빌런의 몸에 빙의했다

[아카데미 유니온의 총학생회장직을 졸업까지 유지하십시오.]

역대급 악명을 쌓은 게임 속 캐릭터
모두가 자신이 없어서 포기한 직책
이권 다툼으로 치열하게 다투는 아카데미

단순하면서도 매우 어려운 클리어 조건

'……그렇다고 해도 못 할 건 아니지.'

비밀이 잠든 잠재력 풍부한 육체
고인물로서의 게임 지식과 경험

대륙 역사에 길이 남을 학생회장의 이야기가 시작된다!

아카데미 학생회장으로 살아남는 법

카카오닙스 판타지 장편소설